DIE QUELLE DER MACHT

DER LÖWE UND DIE DIEBIN BUCH 3

KATE RUDOLPH

Übersetzt von

RENATE DÖRING

DIE QUELLE DER MACHT

Alles hat ein Ende ...

Mel hat geschworen, sich an der Hexe zu rächen, die ihre Familie abgeschlachtet hat, oder bei dem Versuch zu sterben. Jetzt ist sie eine weltberühmte Diebin und bereit, den Schwur einzulösen. Aber die Dinge sind kompliziert. Diese Hexe, Ava, hat nicht nur Mel ins Visier genommen, sie ist auch hinter den einzigen Menschen auf dem Planeten her, die Mel etwas bedeuten.

Rache ist ein Gericht, dass am besten heiß serviert wird ...

Luke hätte niemals ahnen können, wohin der Weg mit Mel ihn führen würde. Aber jetzt wird er alles tun, um das Leben seiner Schwester zu retten und das Herz seiner Diebin zu erobern. Ava bedroht sein Rudel, entschlossen, ein magisches Artefakt von immenser Macht zu stehlen, von dem er bisher gar nicht wusste, dass er es besitzt.

Sich zu verlieben war noch nie so tödlich ...

Inmitten all dessen haben Luke und Mel sich gefunden. Aber Mel hat keine Erfahrung mit Beziehungen, und Lukes Rudel ist nicht begeistert, eine Diebin als weiblichen Alpha zu haben. Wenn Mel und Luke zusammen sind, ist ihre Beziehung explosiv. Aber dieses Feuer wird entweder reinigen ... oder zerstören.

Der Löwe und die Diebin © Kate Rudolph 2015.

Umschlaggestaltung von Kate Rudolph.

Alle Rechte vorbehalten. Kein Teil dieser Erzählung darf ohne schriftliche Genehmigung des Copyright-Inhabers in irgendeiner Form oder auf irgendeine Weise verwendet, reproduziert oder übertragen werden, mit Ausnahme von kurzen Zitaten, die in Rezensionen und Artikeln verwendet werden.

Diese Geschichte ist frei erfunden. Die Namen, Personen, Orte und Ereignisse sind Produkte der Fantasie des Schriftstellers, sie sind erfunden und basieren nicht auf der Realität. Jede Ähnlichkeit mit lebenden oder verstorbenen Personen, tatsächlichen Ereignissen, Orten oder Organisationen ist vollkommen zufällig.

Herausgegeben von Kate Rudolph.

www.katerudolph.net

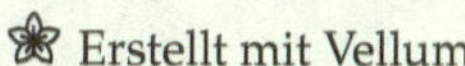
Erstellt mit Vellum

1

KAPITEL EINS

Luke Torres hätte sich in seinem eigenen Revier wohlfühlen sollen. Aber im Moment sorgten die schweren Äste, kahl und bereit für den ersten Schneefall des Winters, dafür, dass seine Anspannung nur noch zunahm. Fremde lauerten in diesen Wäldern. Feinde der schlimmsten Sorte. Die Feiglinge hatten nicht ihn ins Visier genommen. Stattdessen waren sie hinter seiner Schwester her gewesen.

Und Luke würde das nicht hinnehmen.

Es war längst dunkel und kurz vor Mitternacht. Luke konnte die Krallen unter seiner Haut spüren, bereit, in Aktion zu treten. Bald würde er das Gesicht seines Feindes kennen und jedem, der sich ihm entgegenstellte oder versuchte, den Seinen Schaden zuzufügen, das Rückgrat herausreißen.

Maya Nunez und Sinclair gingen neben ihm, und ein halbes Dutzend Löwen in ihrer Tiergestalt hatten sich in der Umgebung verteilt. Normalerweise wimmelte es im Wald außerhalb von Eagle Creek, Colorado zu jeder Tageszeit nur so von Lebewesen. Aber jetzt war alles still, nur der Atem seiner Rudelkameraden war zu hören. Raubtiere durchstreiften den Wald in der Nacht und alle Beutetiere versteckten sich.

Eine Lichtung öffnete sich vor ihnen, klein, vielleicht sechs Meter im Durchmesser. Vor weniger als einer Woche hatte Luke seine Schwester hier gefunden, nachdem sie von einem geheimnisvollen Feind entführt worden war. Seitdem hatte sich viel geändert. Und doch waren sie bisher nicht in der Lage gewesen, sie zu heilen. Der Hexe war es nicht gelungen, den Fluch aufzuheben, der Cassie langsam tötete, und es fehlte ihnen das Material für einen erneuten Versuch.

Sein Gegner hatte ihn nicht aufgefordert, alleine zu kommen, also machte er keine Anstalten, seine Begleiter zu verbergen, zumindest nicht diejenigen, die auf zwei Beinen gingen. Er hätte zwar noch mehr Löwen mitbringen können, aber er hatte aus den Fehlern der Vergangenheit gelernt. Er würde sein Zuhause, seine Schwester, nie mehr ungeschützt lassen. Hätte er es beim ersten Mal nicht vermasselt, wäre ihr Leben nicht in Gefahr.

Wahrscheinlich ihrer aller Leben.

Die Luft vor Luke zitterte für einen Moment, löste sich dann auf und enthüllte einen großen Mann in einem schwarzen Trenchcoat, einer dunklen Hose und schwarzen Stiefeln. Sein Auftritt sollte wohl einschüchternd wirken, aber tatsächlich sah er einfach albern aus. Der Hexer bestand nur aus Haut und Knochen, der Mantel hing von ihm herab, als würde er auf einem Kleiderbügel hängen. Aber in der Luft war eine Macht spürbar, und Luke wusste, dass die Gefahr, die dieser Mann darstellte, nicht von seinem mageren Körper ausging.

Als sich keine anderen Hexen zeigten, fing Luke an, sich Sorgen zu machen. Nun, mehr Sorgen. Wie viele versteckten sich hinter einem magischen Schleier? Seine Löwen versteckten sich durch ihr Können und nutzten die Topografie zu ihrem Vorteil. Magie zu benutzen kam ihm vor wie betrügen.

Der Hexer warf einen Blick auf Luke, Maya und Sinclair und grinste. „Zu viel Angst, um alleine zu kommen, oh großer Alpha?“ Er sprach, als ob er seinen Schnurrbart zwirbeln oder sich hinter einem Umhang verstecken wollte. Wenn die Situation nicht so schlimm gewesen wäre, hätte man lachen können.

Luke hatte keine Zeit für Scherze und er war es gewohnt, sich seinen Feinden zu stellen, aber dieser Feind war fast eine Beleidigung. „Es scheint, als hättest du mich überrumpelt. Wer bist du?“ Er hatte kein Interesse daran, Spiele zu spielen, nicht wenn es um so viel ging.

Der Mann richtete sich auf, sodass er zwei Zentimeter größer wurde und sprach eine halbe Oktave tiefer. „Manche nennen mich ..." Er beugte sich keuchend vor, der Hexer warf einen Blick nach rechts und zuckte zusammen. Er nickte einmal und richtete sich auf: „Tim. Ich bin Tim."

Neben ihm verlagerte Maya ihr Gewicht und Luke vertraute ihr, dass sie bereit war, es mit jedem aufzunehmen, der neben Tim stand, selbst wenn die Hexe unsichtbar war. Er ließ sich in seiner Aufmerksamkeit nicht von ihrem sichtbaren Feind ablenken. „Gehört das Keuchen zu deinem Namen? Oder willst du damit Eindruck machen?" Tim war eindeutig der Frontmann für die wahre Macht.

Tim blickte finster, seine Zähne halb entblößt. „Du verspottest mich, obwohl du Angst hast, allein durch dein eigenes Territorium zu streifen?"

Luke wurde nicht wütend, aber er versprach sich, dass er sich das Vergnügen gönnen würde, diesem Mann die Eingeweide herauszureißen, sollte er auch nur eine falsche Bewegung machen. „Ich kenne meine Stärke."

„Du bist offensichtlich schwächer, als du dachtest." Tim legte den Kopf schief und grinste. Er streckte eine Hand aus und öffnete sie langsam. Sobald seine Handfläche dem Himmel zugewandt war, schnippte er auf eine seltsame Art mit seinen Fingern und ein Feuerzauber erschien. Die Hexe warf das Feuer von einer Hand zur anderen.

„Was willst du?“ Er ließ sich vom Feuer nicht ablenken. Das wollte Tim wahrscheinlich.

„Sehr viele Dinge“, Tim warf das Feuer hoch und fing es auf, schloss seine Faust und löschte das Licht, „von denen du mir nur wenige anbieten kannst.“ Er sah noch einmal nach rechts, nur für eine Sekunde, bevor er sich auf Luke konzentrierte.

„Warum zum Teufel wolltest du dann, dass ich herkomme?“ Luke stieß die Worte mit zusammengebissenen Zähnen hervor. Er war diesen Monat schon einmal auf seinem eigenen Land angegriffen worden und er wollte nicht, dass so etwas jemals wieder passierte.

Tim war von seinem Tonfall nicht beleidigt, zumindest ließ er sich nichts anmerken. „Ich will Informationen.“

„Du hast eine interessante Art, dich darum zu bemühen.“ Dem Mann zu sagen, er solle sich verpissen, würde Luke nichts bringen; tatsächlich würde es die Dinge nur noch schlimmer machen. Einem Teil von ihm war das egal. Aber er unterdrückte diesen Teil. Im Moment nutze dieser Teil ihm nichts. „Was für Informationen?“

„Wo ist die Quelle?“

„Damit du mein Wasser vergiften kannst?“ Wofür

brauchte eine Hexe eine Quelle? Und konnten sie sie nicht alleine finden? Weder Maya noch Sinclair schienen zu wissen, wovon er sprach, obwohl sie sich nichts anmerken ließen. Es war die Tatsache, dass sie gar nicht reagierten, die Luke davon überzeugte dass sie keine Ahnung hatten, wovon der Hexer sprach.

„Bist du wirklich so ahnungslos?“, spottete Tim.

Das führte zu nichts, und er hatte bereits seine Unwissenheit offenbart. Es gab keinen Grund, um den heißen Brei herumzureden. „Ich hab keine Ahnung, wovon du redest. Ich kann dir keine Informationen geben, die ich nicht habe.“

Tim stockte für einen Moment und seine Augen schossen nach rechts, er nickte leicht und versteifte seine Schultern und hielt sich aufrecht. „Möchtest du, dass deine Schwester stirbt? Gib uns die Informationen und wir werden den Fluch aufheben. Tu weiter so, als ob du nichts weißt und sie wird die Woche nicht überleben.“

Krallen schossen aus Lukes Hand heraus, bereit, diesem frechen Mistkerl die Kehle herauszureißen. „Hast du gerade gesagt, dass du derjenige bist, der meine Schwester verhext hat?“

Tim zuckte mit den Schultern. „Es sind deine Taten, die jetzt über ihr Schicksal entscheiden.“

Luke musste die Gewaltbereitschaft, die in ihm aufstieg, niederringen. Diesen Hexer zu töten würde sein Problem nicht lösen. Es würde alles nur noch schlimmer machen. „Es ist nicht sicher, jetzt dorthin zu gehen. Der Fluss führt zu viel Wasser, ich muss Vorkehrungen treffen." Ein Fluss führte südlich durch sein Territorium und ungewöhnlich starke Regenfälle hatten die Ufer überschwemmt. Es gab keine Quelle in der Gegend, aber Luke hoffte, dass der Bluff ihm Zeit verschaffen würde.

„Du hast fünf Tage." Tim schnippte mit den Fingern und verschwand, die Luft flimmerte dort, wo er gerade noch gestanden hatte. Luke ließ seine Löwen die Gegend durchkämmen, aber von den Hexen war nichts mehr zu sehen. Es war, als wären sie nie da gewesen.

2

KAPITEL ZWEI

CASSIE HATTE KEINE KRÄMPFE MEHR. Das war ein Fortschritt. Mel sah zu, wie Krista mit dem Mädchen arbeitete. Die Hexe konnte Wunder vollbringen, aber gegen einen fachmännisch gelegten Fluch und mit einem frischgebackenen Gestaltwandler, der sie bereits schwer verletzt hatte, hatte sie einige kleinere Probleme. Zwei Tage zuvor hatte Cassie unerwartet ihre Löwengestalt angenommen. Schlimmer noch, sie war so unberechenbar geworden, dass sie eine hässliche Wunde in Kristas Brust geschlagen hatte. Die Wunde war versorgt und begann zu heilen, aber die Konstitution einer Hexe verkraftete schwere Verletzungen nicht gut. Im Moment kümmerte sich Krista um das Mädchen, wenn sie die Energie dafür aufbringen konnte, aber sie war nie allein mit ihr.

Da Luke und Maya auf der Jagd waren, musste Mel den Babysitter spielen.

Sie hatte dort mehr als eine Stunde lang in angenehmer Stille gesessen, bevor ein kleiner Tumult am Eingang zu hören war. „Klingt, als wäre der Alpha zurück."

„Ja, hört sich so an", Krista sah Mel nicht an, als sie sprach. Mel konnte nicht sagen, ob sie wegen ihre Verletzung wütend war oder wegen ihrer Vorgeschichte, über die sie nicht sprachen. Sie wusste nicht, was ihr lieber gewesen wäre.

Vielleicht hätte Bob es ihr sagen können, aber er war unterwegs, um herauszufinden, wer Cassie verhext hatte. Er hatte Kontakte, über die er weder mit Mel noch mit Krista sprach, aber er war bereit, die Informationen für sie besorgen. Das war ja auch schon mal was.

Cassie stieß ein erbärmliches Miauen aus, drehte sich auf die Seite und rollte sich zusammen. Sie fing wieder an zu zittern und Fell wuchs aus ihrem Arm, rau und braun. Krista zog sich zurück und ließ Mel übernehmen. Mit inzwischen geübten Handgriffen packte sie die Handschellen, die sie an der Wand befestigt hatten und fesselte den Teenager. Es war entwürdigend, eine schreckliche Sache, aber Cassie hatte zugestimmt, dass dies die einzige Möglichkeit war, sie und alle um sie herum zu schützen.

Aber sie war so erschöpft von den fast ständigen

Verwandlungen in den letzten zwei Tagen, dass das Zittern aufhörte und sie in sich zusammensank, das Fell an ihrem Arm sich in ihre Haut zurückzog und wieder die gebräunte menschliche Haut sichtbar wurde. Die braunen Augen des Mädchens öffneten sich und sie grinste Mel traurig an. „Zumindest bekomme ich so mein Training, auch ohne ins Fitnessstudio zu gehen."

Mel lächelte, aber sie wusste nicht, was sie antworten sollte. „Ich glaube, ich habe gehört, dass dein Bruder zurückgekommen ist", sagte sie schließlich. Und das schien Cassie aufzumuntern.

Cassie rutschte zurück, bis sie sich an der Wand anlehnen konnte. Ihre Arme waren noch immer über ihrem Kopf gefesselt, aber sie bat nicht darum, losgebunden zu werden. Mel wusste nicht, ob sie dachte, dass sie sich wieder verwandeln würde oder ob sie sich einfach so an die Fesseln gewöhnt hatte, dass sie sie gar nicht mehr bemerkte.

Maya kam nach ein paar Minuten herein, aber Luke war immer noch nicht zu sehen. Mel öffnete Cassies Handschellen und ging, um ihn zu suchen. Nachdem sie im ganzen Wohnbereich nachgesehen hatte, fand sie ihn in seinem Zimmer, auf seinem Bett sitzend, den Kopf in seinen Händen. Sie schloss die Tür hinter sich so leise sie konnte, aber er hörte sie und sah auf.

Einen Moment lang lächelte er, aber um seine

Augen hatten sich die letzten beiden Tage dunkle Ringe gebildet. Das Lächeln verschwand langsam, als Mel sich nicht auf ihn zubewegte. Sie blieb ruhig stehen und zwang ihre Füße, nicht durch den Raum zu marschieren, damit sie ihn in ihre Arme nehmen konnte. Sie hatten sich in den letzten zwei Tagen überhaupt nicht berührt und der fehlende Kontakt bereitete einen fast körperlichen Schmerz.

Aber er war nicht ihr Gefährte.

Es war Bobs neckischer Kommentar in Mexiko gewesen, der ihr den Gedanken in den Kopf gesetzt hatte. Und es war vollkommen falsch. Diebe taten sich nicht mit Alphas zusammen. So etwas funktionierte nicht, egal wie gut es sich anfühlte, ihn zu küssen, von ihm gehalten zu werden. Und weil es unmöglich war, wollte sie auch gar nicht daran denken. Ein unmöglich durchzuführender Diebstahl war eine Sache – mit strategischer Planung und einem guten Team konnte sie fast alles durchziehen. Aber eine romantische Beziehung? Niemals.

Luke Torres war also nicht ihr Gefährte, und es gab nichts, was sie dazu bringen würde, etwas anderes zu sagen.

„Ich vermute, es lief nicht gut?“, fragte sie.

Luke schüttelte den Kopf. Er bewegte sich zu einer Seite des Bettes, um ihr genug Platz zum Sitzen zu geben, obwohl das Bett auch so groß genug war, dass beide Platz gehabt hätten. Obwohl sie wusste, dass sie es nicht tun sollte, durchquerte Mel den Raum und setzte sich neben ihn.

„Etwa so, wie zu erwarten war“, erwiderte Luke. „Drohungen, Beleidigungen und unmögliche Forderungen.“

„Was haben sie gefordert?“ Mel entspannte ihr Bein und lehnte es an Luke. *Genau genommen* berührte sie ihn nicht, da sie beide Kleidung trugen. Aber es fühlte sich so gut an, dass sie ihr Bein nicht zurückzog.

„Ich würde es lieber allen gemeinsam erzählen.“ Er stand auf und unterbrach den winzigen Kontakt zwischen ihnen. Mel war nicht enttäuscht, überhaupt nicht. Er ging zu seinem Nachttisch und kramte in der obersten Schublade herum.

„Was machst du da?“ Mel konnte das Lächeln nicht unterdrücken, das um ihre Lippen huschte.

Luke zog einen kleinen schwarzen Samtbeutel aus der Schublade und warf ihn ihr zu. „Ich denke, du solltest das zurückhaben.“

Ohne auch nur in den Beutel zu greifen, wusste Mel, was es war. Aber sie drehte ihn trotzdem um und ließ den klaren Stein, der an einer silbernen Kette hing, in ihre Hand fallen. Der magische Stein. Das verdammte Ding, das dieses ganze Chaos angerichtet hatte. Damit konnte sie die Frau aufspüren, die ihre Eltern getötet hatte. Luke hatte es ihr gestohlen, nachdem sie einen roten Beryll, den

Scharlachroten Smaragd, aus seinem Tresorraum gestohlen hatte.

„Warum?“, fragte sie. Cassie ging es nicht besser, der Scharlachrote Smaragd war schon lange in den Händen eines unbekannten Käufers. Alles, was sie für Luke getan oder ihm angetan hatte, hatte alles nur noch schlimmer gemacht.

Luke schloss die Schublade. „Wir hatten eine Abmachung. Du hast deinen Teil der Abmachung eingehalten und ich stehe zu meinem Wort.“

Wenn das der Fall war, warum fühlte es sich dann so an, als ob sie gerade einen Schlag in die Magengrube bekommen hätte? Mel hatte bekommen, was sie wollte und könnte jetzt einfach durch die Tür gehen und nie mehr zurückblicken. Aber das fühlte sich so falsch an. „Willst du mir sagen, dass ich gehen soll?“ Wenn die Arbeit erledigt war, warum sollte sie dann bleiben?

Luke ließ ihre Frage für einen Moment in der Luft hängen. „Ich will nicht, dass du nur wegen deiner Bezahlung hier bleibst. Ich will diese Art von Verpflichtung zwischen uns nicht.“

Darauf konnte sie nicht reagieren, sie wusste nicht wie. Stattdessen legte Mel die lange Kette um ihren Hals und ließ den Stein unter ihrem Shirt direkt zwischen ihren Brüsten ruhen. „Solltest du meine unbezahlbaren Edelsteine nicht in deinem Tresor aufbewahren?“

Luke grinste. „Du würdest sie einfach stehlen, wenn ich sie an einem so offensichtlichen Ort aufbewahre.“ Er ging zum Fußende des Bettes und legte seine Hände an ihre Seiten. Mel wich nicht zurück, sie würde sich niemals von einem Alpha verdrängen lassen. Sie gab nie nach. Aber Luke küsste sie nur schnell auf die Wange und zog sich dann zurück. „Lass uns mit den anderen reden. Ich habe Neuigkeiten.“

Auf dem Weg zu Cassies Zimmer sagte Mel nichts. Luke war innerlich hin und her gerissen. Er wusste nicht, ob es richtig war, ihr ihren Stein zurückzugeben, aber der Gedanke, dass sie aus Pflichtgefühl oder nur wegen einem Job blieb, passte ihm nicht. Mel war nicht nur irgendeine Geschäftspartnerin, der in der Nacht verschwand, wenn das alles erledigt war. Sie war seine Gefährtin.

Zumindest dachte er, dass sie das war.

Und jetzt, da sie keinen Grund hatte zu bleiben, wollte er, dass sie hier blieb, um zu sehen, ob diese Sache zwischen ihnen sich wirklich zu etwas Realem entwickeln würde. Die zehn Minuten in Mexiko zählten eigentlich nicht, und wenn er sie das nächste Mal in die Finger bekam, würde er sie nicht so schnell wieder loslassen. Kein Telefonanruf würde das nächste Mal, wenn sie allein sein würden, unterbrechen.

Aber im Moment musste er sich auf andere Dinge konzentrieren. Vielleicht wusste Krista etwas über die Quelle, die Tim und die anderen Hexen wollten. Das Rudel würde sich bald treffen, und er musste so viele Informationen wie möglich über ihren Feind und seine Absichten sammeln, bevor er mit seinem inneren Kreis sprach. Was auch immer kommen würde, war gefährlich und alle mussten so gut wie möglich vorbereitet sein.

Er öffnete die Tür zu Cassies Zimmer und sah Krista auf einem Hocker neben dem Bett seiner Schwester sitzen. Maya war einen halben Schritt hinter ihr und Krista hielt Cassies Hand und sprach leise. Trotzdem konnte er sie hören. „Es kann deine Fähigkeit zur Verwandlung beeinträchtigen, wenn das alles vorbei ist."

„Irgendeine Ahnung, wann das passieren wird?", fragte Cassie.

Luke war froh, seine Schwester sprechen zu hören. Und wenn nicht der schreckliche Druck gewesen wäre, einen Weg zu finden, sie zu heilen, hätte er jeden Moment in diesem Zimmer mit ihr verbracht.

Aber was auch immer die Hexe vorschlug, machte ihn nervös. Vor allem, weil Krista und Cassie beide erstarrten, als sie merkten, dass er den Raum betreten hatte. Maya rührte sich überhaupt nicht und er konnte nicht sagen, ob es daran lag, dass sie ihre Reaktion ihm gegenüber verbarg oder dass sie einfach keine Reaktion hatte. „Was wird ihre Fähigkeit beeinflussen, sich zu verwandeln?“ Er versuchte ruhig zu bleiben. Aber Cassie hatte so lange für die Verwandlung gebraucht, sie hatte schon so viel verloren, dass er sie das nicht so einfach opfern lassen konnte.

Er hörte, wie Mel sich hinter ihm an die Tür lehnte. Krista drehte sich halb auf ihrem Hocker um, damit sie ihn ansehen konnte. Sie bewegte sich ein wenig zur Seite, damit Cassie ihn auch sehen konnte. Seine Schwester lächelte ihn an und Luke spürte einen Stich in der Brust. Seit sie verflucht worden war, hatte sie an Gewicht verloren, ihre Wangen waren eingefallen und ihre Haut war fahl geworden. Sie wurde immer schwächer und es gab nichts, was er tun konnte, um sie zu heilen. Außer diesen Hexen etwas zu geben, von dem er nicht wusste, dass er es hatte.

„Hey“, sagte Cassie mit heiserer und süßer Stimme. „Nimm mich in den Arm.“ Sie streckte die Arme aus. Zumindest war sie im Moment nicht in Handschellen.

Krista stand auf und er nahm ihren Platz ein, setzte sich neben seine Schwester und zog sie an sich. Sie fühlte sich wie eine Feder in seinen Armen an, zerbrechlich genug, um von einer steifen Brise davongetragen zu werden. Aber er konnte auch tief in ihrem Inneren eine Stärke spüren, den Willen, heil aus dieser Sache herauszukommen. Er küsste ihre Wange und ließ sie los, um zu fragen: „Wovon redet Krista?“

Er erwartete, dass die Hexe sprechen würde, aber es war seine Schwester, die antwortete. „Krista denkt, sie kann meine Verwandlungen stoppen. Vielleicht können wir erreichen, dass ich sie kontrollieren kann.“ Sie begegnete seinem Blick, ihre braunen Augen waren seinen eigenen so ähnlich. Manchmal sagten die Leute, es sei unmöglich zu erkennen, dass sie Halbgeschwister waren. Diese Leute achteten nie auf Cassies Augen.

„Das klingt gefährlich.“ Ohne weitere Informationen konnte er seine Schwester nicht mit etwas fortfahren lassen, das sie von etwas so Wichtigem abschneiden könnte. Er sah Krista an. „Was schlägst du vor?“ Es hörte sich an wie eine grobe Forderung nach einer Erklärung.

Maya versteifte sich, sagte aber nichts.

Krista warf Mel einen Blick zu, bevor sie sprach, und ein winziges Lächeln bewegte ihren Mundwinkel. Der Ausdruck passte nicht zu ihren Worten. „Stell dir diesen Fluch wie einen Computervirus vor“, sagte sie. Luke zog eine Augenbraue hoch und sie erklärte weiter. „Wenn

Cassie ein Computer wäre, wäre Gestaltwandlung ein Programm, das im Hintergrund läuft. Es ist immer da, aber es ist nicht immer aktiv."

„Ja, ich weiß, wie es funktioniert", und er brauchte keine Erklärung von jemandem, der kein Gestaltwandler war.

Krista versuchte, die Arme zu verschränken, zuckte aber zusammen und ließ ihren verletzten Arm herunterhängen. „Der Fluch hat ihre Verwandlung ins Visier genommen. Ich glaube, als ich versucht habe, ihn zu durchbrechen, ist etwas passiert. Es gab eine Verknüpfung, wie bei einem großen Knoten. Ich kann den Knoten lösen, den Virus sozusagen am Zugriff auf ihr Gestaltwandler-Programm hindern, aber es könnte dazu führen, dass sie sich überhaupt nicht mehr verwandeln kann."

Luke sah Cassie an: „Nein, das ist zu gefährlich. Nicht nach ..." Er vermied es, den Satz zu beenden.

Aber Cassie übernahm das für ihn. „Nicht, nachdem ich mich in diesen Schlamassel gebracht habe, weil ich mich so dringend verwandeln können wollte? Nicht, nachdem ich mich von Vampiren entführen ließ? Nicht nachdem ich mir das angetan habe? Was davon meinst du, Luke?"

„Das habe ich nicht gemeint", kam es härter heraus, als er beabsichtigt hatte. Cassie war entführt worden, nachdem sie vor Wochen versucht hatte, einen Deal mit Mel, die damals seine Gefangene war, zu machen. Vampire hatten das kurzfristige Nachlassen seiner Wachsamkeit genutzt, um einzudringen und sie sich zu schnappen. Es schien schon eine Ewigkeit her zu sein, aber das lag teilweise daran, dass er keine Zeit gehabt hatte, sich wirklich mit den Folgen auseinanderzusetzen.

Ihr Kiefer spannte sich an. „Das ist nicht deine Entscheidung."

„Zur Hölle ist sie das." Luke wollte aufstehen, auf und ab gehen, aber er blieb sitzen. „Du bist in meinem Revier, Cass. Glaubst du, ich erlaube irgendeiner Hexe, dich zu töten?"

„Ich sterbe sowieso!" Es hätte ein Schrei sein sollen, aber stattdessen kam ein heiserer Husten heraus. „Die Verwandlungen kommen immer schneller hintereinander. Ich weiß nicht, wie lange ich noch durchhalte."

Die hoffnungslose Trauer in ihrer Stimme traf Luke bis ins Mark. Er wollte etwas, gegen das er kämpfen konnte, eine Möglichkeit, ihr zu helfen. Stattdessen saß er hier fest und setzte seine Hoffnungen auf eine Hexe, die er kaum kannte, dass sie seiner Schwester half und sein Volk rettete.

Bevor er noch etwas sagen konnte, sprach Mel. „Sind die Leute aufgetaucht, die ihr das angetan haben? Wenn sie etwas von dir wollen, werden sie im Gegenzug wahrscheinlich den Fluch aufheben."

Am liebsten hätte Luke ihr alles erzählt. Er wollte

die Vorsicht in den Wind schlagen und sie um Rat bitten, jetzt schon, bevor er mit seinen vertrauten Beratern gesprochen hatte. Aber das konnte er nicht tun. Er hatte eine Verantwortung gegenüber seinen Leuten, und vor allem konnte er niemandem, der vor kurzem noch sein Feind gewesen war, vertrauliche Informationen geben.

Selbst wenn sie nicht seine Feindin gewesen war, dann doch immer noch eine Gegenspielerin.

Also antwortete er ihr nicht wirklich. „Selbst wenn sie das anbieten würden, warum sollte ich ihnen glauben?" Er wandte sich an Cassie. „Bist du sicher, dass du Krista vertraust?"

Cassie nickte ernst. „Ja, ich bin sicher."

Dann würde er die Entscheidung seiner Schwester respektieren. Bis zu einem gewissen Punkt. Er sah Krista an und ließ ein wenig von dem inneren Löwen durch seine Augen scheinen. Zu ihrer Ehre: sie zuckte nicht zusammen. „Wenn sie stirbt ..." Bevor er seine Drohung beendete nickte die Hexe.

„Verstanden."

3

KAPITEL DREI

Mel verließ den Raum, bevor Krista anfing, mit Cassie zu arbeiten. Sowohl Maya als auch Luke blieben zurück. Sie fühlte sich ein wenig schuldig, weil sie ihre Partnerin mit den möglicherweise feindseligen Löwen alleine gelassen hatte. Aber das unangenehm-betörende Gefühl durch die Magie war ihr zu viel und sie konnte spüren, wie bei jedem Schritt eine Last von ihren Schultern genommen wurde. Nicht jeder Gestaltwandler konnte Magie spüren. Tatsächlich konnten die meisten das nicht. Aber Mel war seit ihrem achten Lebensjahr von Hexen umgeben gewesen, und obwohl sie selbst niemals in der Lage sein würde, Magie zu wirken, hatte sie die Fähigkeit, Magie zu spüren, erlernt.

Sie schaffte es in ihr Zimmer und zog den Diamanten unter ihrem Shirt hervor. Die silberne

Kette lag geschmeidig in ihrer Hand, warm von ihrer Haut. Sie rollte den Diamanten zwischen zwei Fingern. Nichts an dem Stein fühlte sich magisch an, es gab keine besonderen Markierungen. Aber in den Händen einer ausreichend mächtigen Hexe konnte dieser Stein genutzt werden, um Ava aufzuspüren. Der Stein würde sich auf Ava ausrichten, bis Mel sie aufspüren und ein für alle Mal besiegen konnte.

Und das war der einzige Grund, warum sie seit ihrer Rückkehr aus Mexiko auf Lukes Territorium geblieben war.

Oder etwa nicht?

Sie schnappte sich ihre Tasche und stopfte die Halskette in ein verstecktes Fach. Was die Sicherheitsvorkehrungen anbelangte, fehlte so ziemlich alles, was sie unter normalen Umständen akzeptiert hätte. Aber sie konnte ihn nirgendwo anders verstecken. Die Alternative wäre gewesen, ihn die ganze Zeit zu tragen, aber wenn Krista ihn sah, würde sie sich fragen, warum Mel nicht einfach gegangen war, als Luke ihr den Diamanten gegeben hatte.

Mel schob ihre Tasche unter das Bett und hüpfte gerade noch rechtzeitig auf die Matratze, als Krista herein hinkte. Die Hexe war von einem feinen Schweißfilm bedeckt, ihre normalerweise hellbraune Haut war fast blass. Sie sah aus, als hätte sie seit drei Wochen nicht geschlafen.

„Hat es funktioniert?“, fragte Mel. Sie hatte keine Schreie gehört, was eine Verbesserung zu sein schien, aber das musste nichts aussagen.

Krista lehnte sich gegen die Tür und ließ sich langsam zu Boden sinken. Sie landete mit einem dumpfen Geräusch auf dem Boden, zog ihre Beine an und legte ihren Kopf auf ihr Knie. „Ich glaube, ja. Sie hat es zumindest überlebt. Maya wird einen der älteren Rudelmitglieder beauftragen, bei ihr zu bleiben. Ich denke, wenn sie sich in den nächsten zwölf Stunden nicht verwandelt, sollte sie genug Kontrolle haben, um zu überleben, bis ...“ Krista beendete den Gedanken nicht. Das musste sie nicht.

„Gut, ich bin froh, dass es ihr gut geht.“ Mel wollte sich im Moment keine Sorgen darüber machen, was danach passieren könnte. Sie hatten die unmittelbare Bedrohung gestoppt, und das war im Moment alles, was sie tun konnten. „Konntest du herausfinden, wer sie verflucht hat?“ Mel war es gewohnt, nicht zu wissen, für wen sie arbeitete, aber sie konnte es nicht ertragen, ihre Feinde nicht zu kennen.

Kristas Stimme kam gedämpft hinter ihrem Bein hervor und Mel konnte kaum erkennen, wie sie den Kopf schüttelte. „Nein, ich musste aufhören, danach zu suchen, nachdem Cassie angefangen hatte, sich zu verwandeln.“

„Hast du irgendeine Vermutung?“ Flüche waren

etwas Seltsames. Fast jede Hexe konnte jemanden verfluchen, aber das zu tun, ohne eine klare Verbindung zwischen der Hexe und dem Verhexten zu hinterlassen, ließ auf jemanden mit immenser Macht und Geschicklichkeit schließen. Nur wenige Hexen entschieden sich dafür, so etwas zu tun. Sie schufen damit nämlich eine Verbindung, die manipuliert und gegen die verantwortliche Hexe verwendet werden konnte. Die meisten hielten das für ein zu großes Risiko, und gingen es nicht ein.

„Ein Name fällt mir ein." Krista stand langsam auf und ging zu ihrem Bett. Das Zimmer war eigentlich nicht für zwei Personen gedacht und Mel hatte das Doppelbett in der Sekunde, in der sie ankam, für sich beansprucht. Damit bekam Krista das provisorische Feldbett, von dem sie behauptete, dass es eigentlich sehr bequem war. Mel hatte versucht, Krista das Bett nach ihrer Verletzung anzubieten, aber die Hexe wollte nichts davon hören. „Aber wenn sie es wäre", fuhr Krista fort, „kann das kein Zufall mehr sein."

„Ava." Der Name erfüllte Mel mit Wut und Entschlossenheit. Wenn sie Cassie verhext hatte, dann gab es keinen Grund mehr für Mel, die Kette mit dem Stein um ihren Hals zu tragen. Ein ganzes Rudel Löwen würde die Hexe jagen, und es würde nicht lange dauern, bis sie finden würden. Aber es ging nicht nur um Cassie. Als Mel noch ein Kind war, hatte Ava ihre Familie, ihr ganzes Rudel, getötet. Mel hatte es sich zur Lebensaufgabe gemacht, sich an der Hexe zu rächen. Und sie war ihrem Ziel noch nie näher gewesen.

„Oder es war jemand, den sie ausgebildet hat. Ich kann mir nicht vorstellen, dass einer der anderen großen Zirkel das tut." Es ging wieder mal alles um Politik. Ava kontrollierte offiziell kein Territorium, und sie gehörte auch nicht zu einem Zirkel. Jedes Territorium, das sie für sich beanspruchte, gab sie wieder auf, sobald sie von dort das bekommen hatte, was sie eigentlich wollte. „Aber", fuhr Krista fort, „Selbst wenn sie es ist, wollen wir sie wirklich hier bekämpfen? Jetzt?" Sie deutete auf ihre Wunde, „Ich bin nicht gerade topfit, und wir kennen diese Leute nicht."

„Willst du ernsthaft vorschlagen, dass wir auf potenzielle Verbündete verzichten? Es sind nicht gerade viele, die gegen sie antreten können." Niemand, der Ava kannte, wollte es ernsthaft mit ihr aufnehmen. Die beste Vorgehensweise bestand darin, ihr aus dem Weg zu gehen.

„Diese Leute waren vor zwei Wochen noch unsere Feinde. Glaubst du nicht, dass sie sich gegen uns wenden werden, sobald sie eine Chance sehen?" Kristas Worte klangen unerwartet leidenschaftlich. „Hier gibt es nichts für uns, Mel. Wir sollten vielleicht lieber darüber nachdenken, zusammenzupacken, bevor ihr Territorium brennt."

Mel antwortete nicht. Sie konnte Krista nicht widersprechen, zumal Krista wahrscheinlich Recht hatte. Stattdessen überließ sie die Hexe sich selbst und ging nach draußen, entschlossen, einen Teil der in ihr brennenden Energie los zu werden.

Auf dem Weg nach draußen sah sie Maya mit einem Tablett, auf dem eine dampfende Suppe stand, die Treppe hinuntergehen. Die Werlöwin sagte nichts und Mel erwiderte den Gefallen. Maya schien nicht besonders gut gelaunt zu sein und Mel hatte keine Lust, ihr in die Quere zu kommen. Noch nicht.

Aber Kristas Worte verfolgten sie. Sie hatte noch nie so schnell vertraut, noch nie so schnell ihre Loyalität geschenkt. Und doch, sobald es um Luke Torres ging, hatte Mel Angst, herauszufinden, was genau sie tun würde. Verrat kam nicht in Frage. Der Gedanke machte sie krank und sie konnte sich nicht vorstellen, dass er sie verraten würde. Sie wusste einfach nicht, ob sie bleiben und das Beste hoffen konnte. Er war ein Alpha, sie war eine Diebin ohne Rudel. Ihre Welten passten nicht zueinander.

Niemals.

Mel fand sich draußen in Lukes Garten wieder. Ein kurzes Stück gepflegten Rasens endete abrupt am für Colorado typischen dichten Waldrand. Sie ging ein Stück hinein zwischen die Bäume, und als diese ihr genug Deckung gaben, zog sie sich aus und bückte sich, um ihre Form zu wechseln. Es dauerte ein bisschen. Es war nichts Besonderes für sie, sich vollständig zu verwandeln, und nach Jahren des Übens war es auch nicht mehr schmerzhaft, aber es dauerte mehr als eine Minute, um von einer menschlichen Frau zu einer Leopardin zu werden.

Als sie fertig war, streckte sie sich und grub ihre langen Krallen in die weiche Erde. Die winzige Zerstörung, die Neuordnung tat gut. Sie konnte jede Sehne ihres Katzen-Körpers spüren, die Kraft, eingebettet in geschmeidige, tödliche Linien. Es gab nichts Besseres als das. Nicht einmal Diebstahl.

Sie rannte los, ließ sich vom Wind durch den Wald führen und wich Hindernissen aus und kletterte auf Bäume. Es ging lange weiter und weiter, bis sie jedes Zeitgefühl verlor, nicht, dass Zeit in dieser Form wichtig war. Ein Leopard brauchte keine Uhren.

Eine Ewigkeit oder eine Sekunde später nahm sie einen köstlichen Duft wahr, katzenartig wie sie, aber anders, männlich und eher nach Savanne als nach Dschungel riechend. Ein Löwe. Ihr Löwe. Er war zum Spielen herausgekommen, und jetzt wollte sie ihren Gefährten treffen.

4

KAPITEL VIER

LUKE MUSSTE SICH FAST ÜBERGEBEN, als er Krista bei der Arbeit an Cassie zusah. Er hatte die Hexe noch nie bei der Arbeit beobachtet, noch nie eine Hexe arbeiten sehen. Und jetzt wäre er zufrieden, nie wieder erleben zu müssen, dass eine Hexe einen anderen Menschen verfluchte. Cassie hatte sich gewunden und gewunden, hatte geschrien und sie angefleht, aufzuhören. Aber Krista hatte sie gewarnt, dass genau das passieren würde und dass es ihr auf lange Sicht nur noch mehr schaden würde, wenn sie deswegen ihre Arbeit abbrechen würde.

Luke hatte dem ein Ende setzen wollen, aber Cassie hatte gewollt, dass Krista den Zauber ausführte. Also, egal wie sehr es schmerzte, er hielt Krista nicht davon ab und er hielt auch Maya davon ab, einzugreifen.

Vielleicht hatte Mel eine gute Idee. Sie war geflüchtet, bevor der undefinierbare Geruch von Magie den Raum durchströmte und er wusste nicht, wohin sie gegangen war. Vielleicht zurück in ihr Zimmer, oder vielleicht raubte sie ihn auch gerade wieder mal aus. Jetzt, da sie den Stein hatte, wegen dem sie gekommen war, konnte sie einfach verschwinden, denn sie hatte jetzt keinen Grund mehr für eine Zusammenarbeit mit ihm. Es war dumm gewesen. Er hatte gewusst, dass es dumm war, aber das hatte ihn nicht davon abgehalten.

Sobald der Alpha eine Entscheidung getroffen hatte, handelte er danach. Die Bereitschaft, Entscheidungen zu treffen und danach zu handeln, sorgte dafür, dass er der Alpha blieb.

Fünfzehn Minuten, nachdem die magische Arbeit begonnen hatte, war es vorbei. Cassies Schreie waren verstummt, und das einzige Geräusch im Raum war das Keuchen von Kristas Atem.

Luke musterte seine Schwester. Schweiß klebte ihr blondes Haar an ihr Gesicht und sie atmete tief ein, ihre Atemzüge waren schwerfällig. Sie war am Leben, bewusstlos, aber am Leben. Er richtete seinen Blick auf Krista. Ihre honigfarbene Haut war blass, und wie seine Schwester war sie schweißgebadet. Wenn es möglich gewesen wäre, hätte er angenommen, sie hätte in wenigen Minuten 3 Kilo abgenommen. Sie sah ausgelaugt, erschöpft, schrecklich aus.

„Es ist vollbracht, Alpha“, sagte sie, ihr brauner Blick hart wie Stahl. „Sie lebt.“

Luke hatte keine Kraft mehr für Drohungen. Cassie lebte, das war alles, was zählte. Den Rest würden sie morgen früh lösen. „Danke“, sagte er und verließ den Raum. Krista folgte ihm und stolperte den Flur entlang zu ihrem Quartier, das sie mit Mel teilte.

Maya ging als Letzte. „Ich werde Ginny bitten, sich zu ihr zu setzen.“ Sie beobachtete Krista, „Sie hat ihr Leben riskiert, um Cassie zu retten.“

Es gab etwas, das Maya ihm nicht erzählte, aber er vertraute ihr, auch wenn sie das ein oder andere für sich behielt. „Ich habe mich bei ihr bedankt. Sie und Mel sind meine Gäste.“ In diesem Moment traf er eine Entscheidung, die, wenn er sich irrte, noch schlimmer sein konnte, als Mel ihren Stein zurückzugeben. „Ich spreche Mel von ihren Vergehen und denen ihrer Kollegen frei.“

Er ging, bevor Maya seine Entscheidung in Frage stellen konnte. Er brauchte Bewegung.

Sein eigenes Haus ungestört zu verlassen, hätte nicht so schwierig sein sollen, aber wegen den umherziehenden Vampiren, Hexen und Dieben waren er und seine Löwen in höchster Alarmbereitschaft. Doch Luke hatte einen guten

Zeitpunkt gewählt und schaffte es ohne Zwischenfälle bis in seinen Wald. Fühlte sich Mel so, fragte er sich, wenn sie mitten in der Nacht in die Häuser von Fremden schlich, um deren Hab und Gut zu stehlen?

Er hoffte, sie empfand ihren Job nicht nur als lästige Aufgabe. Eine Mischung aus Angst und freudiger Erregung, die gleichen Gefühle, die ihn während ihres Ausflugs nach Mexiko gepackt hatten. Allerdings wären seine Erinnerungen ohne Inicio Nunca vielleicht schöner. Der Mann hatte Lukes Vater vor mehr als zwanzig Jahren getötet. Um die Mission zu erfüllen, hatten Luke und Mel ihn am Leben gelassen. Eines Tages würde Luke Nunca jagen und sich rächen. Aber heute war nicht dieser Tag. Auch nicht in nächster Zeit.

Er zog seine Kleider aus und ging in die Hocke, um sich zu verwandeln. Aber bevor ihn auch nur die erste Welle durchdringen konnte, erstarrte er. Er war nicht allein im Wald. Seine Diebin beobachtete ihn. Sie wartete.

Es war ein intimer Akt, in Anwesenheit einer anderen Person die Form zu ändern. Aber zu wissen, dass Mel zusah, hielt ihn nicht davon ab. Seine Verwandlung ging wie immer schnell. Im einen Moment war er noch ein Mann, der auf dem Waldboden kauerte, und keine zehn Sekunden später war an seiner Stelle ein riesiger Löwe, der besser in die Weiten Afrikas südlich der Sahara passte, als in die Wälder und Berge mitten in den USA.

Aber nirgendwo sonst würde er im Moment lieber sein. Vor allem nicht, nachdem ein wunderschöner schwarzer Leopard zwischen den Bäumen hervor geschlichen kam und seinen Weg kreuzte. Sie kam näher, strich mit ihrem Schwanz über seine Mähne und rannte los, bevor er sie aufhalten konnte.

Luke brüllte nicht. Das war kein Spiel für sein Rudel, das war privat. Und er war nicht bereit, seine Gefährtin mit irgendjemandem zu teilen. Nicht jetzt, niemals. Je früher sie das erkannte, desto besser.

Er verfolgte sie und schreckte einen Hasen aus dem Busch auf. Aber er hatte kein Interesse an ihm, noch nicht. Seine Beute war nicht annähernd so scheu. Und nachdem er mehrere Minuten lang gerannt war, ohne sie zu sehen, wurde ihm klar, dass vielleicht er und nicht sie die Beute war. Wenn sie dachte, er würde das einfach so hinnehmen, würde Mel eine Überraschung erleben.

Luke blieb stehen und lauschte in den stillen Wald. Er hatte sie schon einmal verfolgt, aber es fühlte sich an, als wäre das eine Ewigkeit her. Diesmal spürte er keine Wut, jedenfalls nicht auf sie. Ein Ast knackte vor ihm und er wäre beinahe losgerannt, aber im letzten Moment hielt er sich zurück. Seine Diebin war schlau. Sie würde sich nicht durch einem so einfachen Fehler erwischen lassen.

Er bewegte sich langsam vorwärts, sein Körper war tief am Boden. Ihr Geruch war überall und durchdrang seinen Wald um ihn herum. Er konnte eine Spur erkennen, aber sie kreiste um sich selbst und verlief sich in viele unterschiedliche Richtungen. Dies war nicht Mels erster Lauf in diesen Wäldern. Aber er fand die frischeste Spur und jagte ihr mit offenen Sinnen hinterher.

Mel hatte sich irgendwie versteckt. Es kam ihm vor, als hätte er Meilen zurückgelegt, ohne sie zu sehen.

Sie war in den Bäumen. Er bemerkte sie einen Moment zu spät, als sie auf ihn stürzte und spielerisch nach seiner Seite schlug, bevor sie wieder davon lief. Aber diesmal hatte Luke einen Vorteil. Er war größer, schneller und er kannte diesem Wald wie seine Westentasche.

Er legte die Distanz zwischen ihnen mit großen Schritten zurück, seine Pfoten fraßen den Boden unter ihm, als wäre es nichts. Und dann stürzte er sich mit einem Sprung auf sie und drückte sie auf den Boden. Sie kämpfte für einen Moment und lag dann ruhig da. Er knabberte an ihrem Nacken, nicht um ihr weh zu tun, sondern nur um ihr zu zeigen, dass er sie erwischt hatte.

Danach liefen sie zusammen, jagten Tiere und

rannten um die Wette. So ging es eine lange Zeit und Luke fühlte sich glücklicher als jemals bevor er sie kennengelernt hatte. Die Gedanken an seine Pflichten waren jetzt nur noch in seinem Hinterkopf und er konzentrierte sich nur darauf, Zeit mit Mel zu verbringen.

Sie legten sich zusammen auf eine kleine grasbewachsene Fläche, zu der er sie geführt hatte, denn ihre Körper brauchten Ruhe. Er legte eine Pfote auf ihre Katzen-Gestalt und spürte, wie ihre Atmung entspannter und gleichmäßiger wurde. Im Moment fühlte sich alles genau richtig an und er erlaubte sich, einzuschlafen.

Mel war wieder ein Mensch, als sie aufwachte, was ein wenig beunruhigend war, da die riesige Löwentatze auf ihrem nackten Bauch ruhte. Sie konnte das Gewicht von Lukes enormen Gliedmaßen auf ihren Rippen spüren, war aber zögerlich, sich zu befreien. Er würde sie nicht absichtlich verletzen, aber er schlief und seine Reflexe könnten sie ausweiden, bevor er merkte, was er tat.

Sie bewegte sich langsam, hob seine Pfote vorsichtig ein paar Zentimeter an, bis sie gerade genug Platz hatte, um herauszurutschen und aus der Reichweite seiner Klauen zu gelangen. Oder sie hätte genug Platz gehabt, wenn er nicht in der Sekunde, bevor sie sich bewegte, die Position gewechselt hätte, und sie wieder eingeklemmt war. Mel lachte leise.

Positiv war, dass seine Pfote nicht mehr auf ihrem Bauch lag und sie versuchen konnte, ihn zu wecken, ohne eine ernsthafte Verletzung befürchten zu müssen. Sie schmiegte ihren Kopf an seine Mähne, und spürte die Hitze seines Fells. Selbst in der kalten Nachtluft war ihr angenehm warm; er war besser als eine große Decke.

Luke schauderte und das Fell wich zurück, seine Gestalt schrumpfte zu der eines normal großen Mannes. Eines normalen, nackten Mannes. Er zog sie mit nun menschlichen Armen an sich und Mel war jetzt in ganz anderen Schwierigkeiten.

Luke legte mit Küssen eine Spur ihren Nacken hinauf und dann zur ihrem Kinn. „Hallo“, sagte er. „Hattest du ein schönes Nickerchen?“

„Mmmm.“ Sie hatte keine Lust zu reden, nicht wenn seine Lippen auf bessere Art genutzt werden konnten. Sie neigte ihren Kopf nach unten, umfing seine Lippen mit ihren eigenen, ihre Zunge glitt in seinen Mund. Ja, das war viel, viel besser. Warum hatte sie es sich nicht erlaubt, ihn zu berühren? Das fühlte sich zu richtig an.

Sie lagen ineinander verschlungen da und küssten sich eine Weile, bevor Mel ihre Hände die straffe Ebene von Lukes Brust erkunden ließ. Der

Mann hatte harte, definierte Muskeln, mit denen er ein Auto über seinen Kopf heben konnte. Nun, das konnten sie, wenn man die Stärke eines Gestaltwandlers hinzufügte.

Ihre Hände wanderten immer tiefer und streiften den Beweis seiner Erregung.

Luke rollte sich herum und drückte sie unter sich auf den Boden. Zu einem anderen Zeitpunkt hätte sie vielleicht nein gesagt, aber im Moment fühlte es sich genau richtig an. Hier ging es nicht um Dominanz. Hier ging es um Verbindung, um Lust. Er löste sich von ihren Lippen und lächelte auf sie herab.

„Du bist wunderschön", sagte er mit leuchtenden Augen und einem Grinsen auf den Lippen. „Ich habe nie jemanden mehr gewollt als dich."

Ein Teil von Mel wollte sich gegen diesen Blick verteidigen. Sie konnte fühlen, wie er in sie eindrang und etwas tief in ihrem Inneren veränderte. Das war verrückt. Das sollte ein unverbindlicher Spaß sein, mehr nicht. Zwei Erwachsene, die Dampf ablassen. Also lächelte sie ihn an und sagte sich, dass es nichts Ernstes war. „Dann zeig es mir", sagte sie.

Er beugte sich über sie und senkte dann seinen Kopf, nahm eine Brustwarze in seinen Mund und wirbelte mit seiner Zunge um sie herum. Er strich darüber und markierte seinen Besitzanspruch. Mel stöhnte und grub ihre Finger in sein Haar. Das fühlte sich gut an. *Wirklich* gut. Luke wusste genau, wie er seine Zunge einzusetzen hatte. Sie legte ein Bein um seine Hüfte und öffnete sich ihm.

Sie wollte ihn in sich haben, tief und hart.

Er ging nicht darauf ein, sondern begnügte sich damit, mit ihren Brüsten zu spielen. Nicht, dass sie sich darüber beschwert hätte. Sie konnte fühlen, wie sie vor Vergnügen schnurrte. Sie hatte sich das zu lange nicht gegönnt.

Wenn sie ehrlich war, hatte es sich noch nie so angefühlt.

Aber Mel war selten ehrlich.

Luke zog sich langsam von ihren Brüsten zurück, legte eine Spur von Küssen abwärts über ihren Bauch und dann an einem Bein entlang. Er kam bis zu Ihrem Oberschenkel. Mel bewegte sich ein wenig und spürte das Gras unter sich. Eine winzige Bewegung und sie spürte, wie etwas gegen sie stieß.

Sie richtete sich ruckartig auf und warf Luke dabei von sich herunter.

Er fiel nach hinten und beobachtete sie, wie sie an ihren Hintern schlug und ein riesiges Stück Rinde zwischen die Bäume warf. „Was ist los?", fragte er mit besorgtem Gesicht.

Mel blickte auf die Schmutzflecken an ihren Fingern und wieder zu Luke. Die Erregung brannte noch immer in ihr, aber die Umgebung war nicht die richtige für sie. „Wenn wir ficken", sagte sie, „dann werden wie das in einem Bett tun. Oder auf dem

Boden oder auf einem Tisch, es ist mir egal, solange ich keine Baumrinde an meinem verdammten Arsch kleben habe." Die Natur hatte ihren Reiz und Mel liebte es, als Leopardin unterwegs zu sein. Aber in ihrer menschlichen Form war sie eine Frau, die die feineren Dinge des Lebens bevorzugte. Wie Decken und Fußböden. Und keine Rinde.

Luke sah sich um und schien sich erst jetzt der Umgebung bewusst zu werden. Er lachte dröhnend. „Ich habe ein Bett", sagte er. Es klang wie ein Versprechen.

Er stand auf und reichte ihr die Hand. Mel nahm seine Hand und gab ihm einen schnellen Kuss auf die Lippen. Sie schämte sich ihrer Nacktheit nicht. Nacktheit war eine Tatsache des Lebens, und sie mochte ihren Körper. Als sie sich, gefolgt vom Luke, auf dem Weg zu der Stelle machte, wo sie ihre Klamotten zurückgelassen hatte, konnte sie fast seinen Blick auf ihrem Arsch spüren.

Sie war froh, dass auch er ihren Körper mochte.

5.

KAPITEL FÜNF

LUKE WAR über das Ende ihres kleinen Intermezzos zwar ein bisschen enttäuscht, aber trotzdem war er immer noch voll der überschwänglichen Freude. Verdammt, aus seiner Sicht war es ein Fortschritt. Mel gab zu, dass sie miteinander schlafen würden. Obwohl der Rest wohl noch ein bisschen Arbeit erfordern würde. Sie schien zu glauben, sie würden einfach ein wenig Spaß miteinander haben und damit wäre die Sache vorbei.

Aber Luke hatte nicht vor, sich mit nur einer Nacht zufrieden geben. Das würde nie genug sein. Nicht mit ihr.

Nach ein paar Minuten fanden sie ihre Kleider und zogen sich schweigend an. Mel wollte gerade zurück zum Haus gehen, als Luke sie aufhielt, indem er ihre Hand nahm und sie sanft zu sich zog. „Warte", sagte er. „Es gibt etwas, über das ich mit dir reden möchte."

Mel wehrte sich nicht gegen seine Berührung und lehnte sich stattdessen an ihn und legte eine Hand auf seine Brust. Sie sah mit einem kleinen Lächeln zu ihm auf. „Ich mache es auch nicht gegen einen Baum gelehnt."

Daran hatte er nicht gedacht, jedenfalls nicht, bis sie es vorgeschlagen hatte. Und das Bild blitzte in seinem Kopf auf, wie ihre Beine sich um seine Hüfte schlangen, während er in sie stieß. Guter Gott, das lief aus dem Ruder. Aber Luke sah sich um und streckte eine Hand aus, um eine der Eichen zu testen. „Ich weiß nicht, die hier scheint ziemlich stabil zu sein. Vielleicht können wir dir einen Sweater um die Taille binden, um deinen zarten Hintern zu schützen."

Sie schubste ihn weg und trat einen Schritt zurück. Aber sie lachte. „Es ist dein zarter Arsch, der in Gefahr ist, wenn du weiter so redest."

„Da ist allerdings etwas. Hat nichts mit Baumsex zu tun." Er lehnte sich an besagten Baum und musterte sie. Sie sah so aus, als wäre sie diesem Wald zu Hause, sie schien sich hier wohl zu fühlen. Aber andererseits sah sie selten so aus, als ob sie irgendwo fehl am Platz wäre. Wahrscheinlich war das eine ihrer vielen Fähigkeiten.

„Worum geht es?“, fragte sie.

„Weißt du oder Krista was eine Quelle ist?“ Er hatte immer noch keine Ahnung. Er hatte vorgehabt, es nach seiner Rückkehr von dem Treffen zur Sprache zu bringen, aber durch Kristas Plan, Cassie zu helfen, war das in den Hintergrund getreten. Am Ende hatte die Hexe so erschöpft ausgesehen, dass er ihr sagte, sie solle sich ausruhen, und ganz vergaß, dass er sie danach fragen wollte. „Es ist etwas, was eine der Hexen wollte.“ Er hätte diese Informationen für sich behalten können, aber er wollte keine solchen Geheimnisse vor Mel haben.

Gott helfe ihm, er vertraute ihr.

Aber Mels Gesicht war blass geworden und ihre Hände begannen leicht zu zittern. Sie schüttelte langsam den Kopf von einer Seite zur anderen und stolperte einen halben Schritt zurück. „Du hast eine *Quelle* auf deinem Territorium?“ Sie umarmte sich, wahrscheinlich um das Zittern zu stoppen. „Du musst dein Rudel nehmen und fliehen. Weit weg, sonst kannst du dich vom Leben verabschieden. Das sind schlimme Neuigkeiten.“

Was konnte so schlimm sein? „Was ist eine Quelle?“, fragte er noch einmal und betonte das Wort. Die Art, wie sie es aussprach, ließ es klingen, als sollte dieses Wort großgeschrieben werden. Seine Frage war drängend, besonders angesichts ihrer

Reaktion, und um seines Rudels willen musste er es wissen.

„Ich kann das jetzt nicht." Sie wandte sich ab und floh zurück zum Haus. Luke folgte ihr nicht. Er musste seine Gedanken ordnen. Er dachte, er hätte Mel in den letzten Wochen ziemlich gut kennengelernt. Und sie flippte nicht so einfach aus, nicht auf diese Art.

In Mexiko, auf Marcos Anwesen, hatte sie kaum mit den Wimpern gezuckt, als der Mörder seines Vaters hereinspaziert kam. Sie war mehr als einmal in sein Haus eingebrochen, und selbst als seine Gefangene war sie bemerkenswert ruhig gewesen. Aber eine Erwähnung einer Quelle und sie rannte davon? Bereit, aufzugeben? Er hatte fast Angst, herauszufinden, was es damit auf sich hatte.

Ein paar Minuten später machte er sich auf den Weg zurück zum Haus. Er wollte Mel finden und sie trösten.

Als er im Haus ankam, hatte sie sich mit Krista in ihr Zimmer zurückgezogen. Er hätte fast geklopft, hielt sich aber im letzten Moment zurück. Wenn sie total außer sich war, würde seine Anwesenheit ihr nicht helfen. Er hatte Dinge, um die er sich kümmern musste.

Er fand Maya in der Küche, wo sie Geschirr aus der Spülmaschine räumte. Sie unterbrach ihre Arbeit, als sie ihn sah. „Was gibt es?", fragte sie.

„Ruf den inneren Kreis zusammen. Wir müssen uns treffen." Er war mit Informationen bisher sehr sparsam umgegangen, entschlossen, Cassie zu beschützen. Aber mittlerweile ging es nicht mehr nur um Sicherheit. „Und ich muss mit Peklo reden."

Maya spitzte die Lippen. „Du hast nichts Dummes vor, oder?"

Luke hatte sich vor mehr als einer Woche mit James Peklo treffen wollen, um ein Geschäftsvorhaben zu besprechen, das der Anführer der Vampire vorgeschlagen hatte. Vampire und Gestaltwandler verstanden sich im Allgemeinen nicht, und es war fast ein Jahrhundert her, dass eine friedliche Delegation Lukes Territorium betreten hatte. Dann hatte Mel ihn bestohlen und Cassie war entführt und verhext worden, und er hatte das Treffen verschoben und den Mann vertröstet. Ihn zu verärgern wäre kein kluger Schachzug.

„Berufe einfach das Treffen ein."

Maya nickte und ließ ihn allein. Luke ging nach oben in den War Room und schloss die Tür hinter sich. Das verhinderte zwar nicht, dass man von draußen hören konnte, was drinnen gesprochen wurde, aber es machte deutlich, dass er Privatsphäre wollte. Das würden seine Löwen respektieren.

Er wählte Peklos Nummer und wartete auf das Klingeln.

Viele der älteren Mitglieder der übernatürlichen

Community waren zögerlich, Geschäfte mit Technologien zu machen, die nach 1600 erfunden worden waren. Der Vampir war etwas flexibler, er war bereit gewesen, einige geschäftliche Dinge am Telefon zu besprechen. Aber er weigerte sich, telefonisch Details zu diskutieren und das Geschäft abzuschließen. Das machte er nur bei einem persönlichen Treffen.

Das Telefon klingelte mehrmals, aber Luke legte nicht auf. Nach dem fünften Klingeln wurde er belohnt.

„Sie haben das Büro von Jim Peak erreicht, zu wem kann ich Ihren Anruf weiterleiten?“ Die Stimme war fröhlich und feminin, die Empfangsdame in seiner Hauptfirma.

„Hier ist Torres. Ich muss mit Mr. Peak sprechen.“ Peklo war mehrere Hundert Jahre alt, er konnte seinen richtigen Namen nicht über eine so lange Zeit verwenden. Das würde Verdacht erregen. Die Empfangsdame bat Luke zu warten und legte ihn in die Warteschleife.

Nach weiteren drei Minuten hob Peklo ab, seine Stimme war völlig ohne fremden Akzent. Er klang, als wäre er in Colorado aufgewachsen. Eine Leistung für einen Mann, der angeblich über 400 Jahre alt war. „Guten Tag, Mr. Torres. Schön, dass Sie endlich zurückrufen konnten. Sind Sie bereit, unser Treffen neu zu terminieren?“

„Das ist leider im Moment noch nicht möglich. Ich rufe an, weil ich fragen wollte, ob Sie so freundlich sein könnten, mir ein paar Fragen zu beantworten.“ Luke glaubte nicht, dass Peklo mit den Vampiren in Verbindung stand, die Cassie entführt hatten, aber er konnte ihn auch nicht einfach fragen. Wenn er die Möglichkeit jedoch ignorierte, wäre das fahrlässig.

„Ich habe ein paar Minuten. Ich hoffe, alles ist in Ordnung.“ Zu seiner Ehre musste man anerkennen, dass er besorgt klang. Luke kaufte ihm das zwar keine Sekunde ab, aber die Schauspielkunst war beeindruckend.

„Hat einer Ihrer Geschäftspartner in letzter Zeit versucht, in Ihr Territorium einzudringen? Ich habe vielleicht ein paar nützliche Informationen für Sie, wenn das der Fall ist.“ Luke wäre gerne ohne die Schönfärberei ausgekommen, aber es waren immer Lauscher in der Leitung. Vielleicht *hatten* die Alten mit ihrer konservativen Haltung doch recht.

„Wenn Sie denken, dass ich mit jemandem wie Ihnen interne Angelegenheiten besprechen würde, denke ich, dass wir unsere Beziehung sofort beenden können.“ Peklo war zu erfahren, um Lukes Verdacht mit einer unvorsichtigen Antwort zu bestätigen.

„Ich fände es bedauerlich, wenn ich glauben müsste, dass Sie die Verletzung unserer Grenzvereinbarungen autorisiert haben, indem Sie

Ihren Leuten freie Hand geben." Es war keine Drohung. Luke war nicht in der Position, direkte Anschuldigungen gegen den Vampir vorzubringen.

„Slawischer Typ?", fragte Peklo. „Hier kamen ein paar Auswärtige durch. Sie gehören nicht zu mir."

„Dann ist es Ihnen egal, was mit ihm passiert?" Peklo hatte wahrscheinlich gelogen, etwas an seinem beiläufigen Ton machte Luke misstrauisch.

„Im Interesse der Offenheit, Sie sollten vielleicht aufpassen", damit beantwortete er die Frage nicht, aber er weckte Lukes Neugier.

„Oh?"

„Ich habe Wind davon bekommen, dass eine Diebin hier durchgekommen ist. Kam vor ungefähr einer Woche in die Stadt, mit dem Flugzeug. Ich habe mir nicht die Mühe gemacht, sie zu beschatten, und wer weiß, was sie vorhat. Behalten Sie Ihre Wertsachen im Auge." Er sprach von Mel, er musste sie meinen.

Luke antwortete nicht, legte stattdessen auf und lehnte sich in seinem Stuhl zurück. Hatte er ihn gerade verspottet, oder wollte er ihn wirklich warnen? Wusste Peklo, dass er und Mel ... etwas Kompliziertes waren? Oder prahlte er damit, in den Diebstahl verwickelt zu sein?

Maya klopfte an die Tür und kam herein, bevor er antworten konnte. „Ich habe das Treffen einberufen. Sie werden in einer Stunde hier sein."

Luke nickte. Es war an der Zeit, um Hilfe zu bitten.

6

KAPITEL SECHS

„Es ist Ava. Es ist die verdammte Ava und es gibt hier eine verdammte Quelle." Mel ging in ihrem kleinen Zimmer auf und ab, ihre Arme locker um ihre Mitte geschlungen.

Krista sah sie nur von ihrem Bett aus an. Ihre Verletzung brauchte für die Heilung viel Energie und Mel wusste, dass Krista keine Energie für Theatralik verschwenden würde. „Mir fällt sonst niemand ein, der eine haben will. Zu volatil."

„Ich habe die Krater gesehen", blaffte Mel. Ein Teil von ihr fühlte sich, als sei sie wieder acht Jahre alt, und sie wusste nicht, wie sie das ändern konnte. Das gute Gefühl, das sie zuvor mit Luke gehabt hatte, war verflogen. An seine Stelle war die Angst getreten. „Ich dachte, ich könnte sie besiegen, wenn wir unsere Chance bekommen. Aber nicht, wenn sie so viel zusätzliche Energie hat."

„Der Scharlachrote Smaragd muss der Fokusstein sein", sagte Krista.

Mel stimmte zu, obwohl sie nicht die magischen Fähigkeiten hatte, es selbst zu spüren. Ein Fokusstein erlaubt es einem magischen Benutzer, die Energie einer Quelle anzuzapfen. Aber es gab immer eine lange Liste von Regeln, was die Arbeit mit magischen Artefakten betraf. „Ich habe ihn gestohlen, also wenn sie ihn hat, gehört er dann ihr?" Die Antwort könnte für Lukes Rudel den Unterschied zwischen Leben und Tod bedeuten. Zur Hölle, für den gesamten Bundesstaat Colorado. Ava konnte einen Fokusstein verwenden, der im Sinne der Magie nicht ihr „Eigentum" ist, um einer Quelle ihre Magie zu entziehen, aber sie würde nur ein Zehntel der verfügbaren Kraft erhalten.

Krista schüttelte den Kopf. „Nein, er sollte immer noch Luke gehören."

„Gott sei Dank für kleine Gefälligkeiten." Das allein machte Mels gesamte Diebeskarriere lohnenswert.

Krista ignorierte Mels Erleichterung und sprach weiter: „Aber selbst wenn das der Fall ist, spielt das eine Rolle? Wir wissen genau, was sie mit einer Quelle machen kann, die ihr nicht gehört. Sie muss diese aus einem bestimmten Grund wollen. Sie sind zu gefährlich, um sie einfach so zu benutzen."

Das stimmte. Halb Sibirien war einmal in die Luft geflogen, als eine Hexe eine Quelle anzapfte. Und in diesem speziellen Fall war die Hexe die Eigentümerin des Fokussteins gewesen. Soweit bekannt war, hatte diese Frau nichts falsch gemacht, aber die Macht hatte sie zurückgewiesen und war nach außen explodiert. Innerhalb von wenigen Sekunden wurden drei Hexenzirkel vollständig ausgelöscht.

Jetzt, wo Mel ein paar Minuten Zeit zum Nachdenken hatte, wusste sie, was sie zu tun hatte. „Ich muss Luke von Ava erzählen. Er weiß nicht, womit er es zu tun hat und das wird schlimm. Sehr schnell sehr schlimm." Sie ging im Zimmer auf und ab, steckte die Hände in die Taschen, zog sie dann wieder heraus und verschränkte die Arme. Trotz der Aussage schwankte sie noch, fühlte sich, als ob sie hilflos auf dem Meer treiben würde.

„Und was wirst du tun, wenn er beschließt, Ava den Stein als Gegenleistung für Cassies Leben zu überlassen? Weil du weißt, dass sie ihm das versprechen wird."

„Das würde er nicht tun." Das Dementi kam über Mels Lippen, bevor sie überhaupt nachdenken konnte.

„Er wird nicht alles tun, um seine Schwester zu retten?“ Krista verdrehte die Augen.

„Nein, er würde alles tun, um sie zu retten.“ Aber Mel glaubte nicht, dass Krista Recht hatte, wie er das tun würde. „Aber er ist zu klug, um Ava zu glauben, auch wenn er sie nicht kennt. Sie hat Cassie bereits verhext und sie dringt in sein Territorium ein. Er wäre ein Narr, wenn er ihr glauben würde.“

„Er hat dir und mir vertraut. Und wir haben ihm schon Unrecht getan.“ Krista machte ihren Standpunkt klar und änderte unter der Decke ihre Position. „Ich denke, wir müssen darüber nachdenken, hier abzuhauen, bevor Ava uns findet.“

Das war auch Mels erste Reaktion gewesen, aber jetzt war sie sich nicht mehr so sicher. „Zumindest müssen wir ihm sagen, was eine Quelle anrichten kann.“

Krista war nicht überzeugt. Aber bevor sie mehr sagen konnte, wurde die Haustür zugeschlagen und ein erbärmliches Brüllen kam aus einem menschlichen Mund. „Was zum Teufel ist das?“

Sie verließen ihr Quartier und entdeckten im Foyer vier Löwen, die sich umarmten und begrüßten. Mel erkannte Sinclair, aber der Rest waren Fremde.

„Der innere Kreis“, sagte Maya hinter ihnen. „Brynne“, sie zeigte auf eine Frau, „Jonas“, das war ein großer Schwarzer, „und Killian“, der letzte war ein großer Mann mit blondem Haar. Mel war nicht erschrocken, aber sie war nicht glücklich darüber, dass es der Löwin gelungen war, sich an sie heranzuschleichen. „Luke hat sie hergerufen, um die aktuellen Angelegenheiten zu besprechen." Sie hielt inne, bevor sie widerstrebend hinzufügte: „Ihr könnt beide dabei sein, solange ihr still bleibt."

Maya führte sie zum War Room, wo sich der Rest des inneren Kreises versammelt hatte. Obwohl einige von ihnen Mel und Krista neugierige Blicke zuwarfen, bemühte sich niemand, sich vorzustellen. Mel fand eine Ecke, lehnte sich an die Wand und wartete auf Lukes Ankunft.

Ein paar Minuten später traf er ein. Sein Gesicht war grimmig, aber er nickte ihr kurz zu und schenkte ihr ein kleines Lächeln, bevor er die Anwesenden begrüßte. Es dauerte mehrere Minuten, bis es langsam ruhiger wurde und sie anfangen konnten.

Die Löwen nahmen ihre Plätze in dem Mischmasch der aufgestellten Stühle ein, Mel und Krista blieben hinter ihnen stehen. Niemand stellte ihre Anwesenheit in Frage. Niemand ließ sich anmerken, dass er ihre Anwesenheit überhaupt wahrgenommen hatte.

Luke klatschte laut in die Hände, und alle wandten ihm ihre Aufmerksamkeit zu. „Wir haben ein Problem", sagte er.

Niemand bewegte sich, niemand atmete. Während Luke sprach, musterte Mel die anderen

Mitglieder des Rudels. Einer kniff die Lippen zusammen, als Luke erzählte, dass seine Schwester verhext worden war. Eine andere blinzelte einmal langsam mit den Augen, als sie erfuhr, dass Hexen irgendwie in dieses ganze Durcheinander verwickelt waren.

Luke legte das meiste dar und ließ nur Inicio Nunca und die genaue Art seiner Beziehung zu Mel aus. Er ging alles schnell durch. Bei all den Gefahren, die sie bedrohten, hätte die Erklärung mehr als zehn Minuten dauern müssen.

Als er mit der Geschichte fertig war, schloss er mit: „Ihr wisst vielleicht, dass Mel die Frau war, die den Scharlachroten Smaragd gestohlen hat." Er nickte in Richtung Mel, aber keiner der anderen Löwen drehte sich zu ihr um. „Ich habe sie vollständig begnadigt."

Die Erklärung kam zwar nicht überraschend, aber Mel kämpfte gegen den Drang an, die Augen zu schließen und erleichtert tief durchzuatmen. Das hätte ihrem Image als geheimnis-umwobene Diebin geschadet.

Krista sah einen langen Moment zwischen den beiden hin und her, bevor sie mit den Augen rollte und seufzte. Seltsamerweise warf sie Maya einen Blick zu, bevor sie langsam ihre Hand hob und Lukes Aufmerksamkeit auf sich zog. „Darf ich sprechen?", fragte sie.

Luke nickte.

„Wir glauben, dass ihr von einer Hexe namens Ava angegriffen werdet. Die Quelle, hinter der sie her ist, wird ihr fast gottgleiche Macht verleihen, solange sie sie kontrolliert. Ich weiß nicht, warum sie sie will, aber sie hat schon früher deshalb getötet." Krista sprach nicht über ihre Geschichte mit Ava und sprach auch nicht über die schrecklichen Dinge, die die Frau in der Vergangenheit getan hatte, aber die anderen Löwen im Zimmer glaubten ihren Worten.

„Wo ist ihr Territorium?", fragte Sinclair. Seine Lippen waren unter seinem dicken Bart kaum zu sehen.

„Sie operiert von der Ostküste aus", sagte Mel. „Aber sie hat offiziell kein Territorium."

„Sie lebt dort schon seit Ewigkeiten, aber niemand weiß genau, wie lange. Inoffiziell kontrolliert sie mindestens vierzehn Zirkel in sechs Ländern, aber die meisten anderen Hexen gehen ihr aus dem Weg. Diejenigen, die das nicht tun, müssen sehr leiden", fügte Krista hinzu.

„Das ist ihre Vorgehensweise. Sie findet Feinde oder Rivalen von jemandem und macht einen Deal. Es ist symbiotisch. Der Rivale schwächt das Territorium und macht es ihr leicht, reinzukommen und zu nehmen, was sie will. Der Rivale übernimmt nach ihrem Weggang das Territorium und ist danach ihr Verbündeter. Die meisten Leute ahnen nicht, dass das Gemetzel mehr als ein einfacher Streit um ein Territorium war." Während Mel sprach, konnte sie fast das Blut riechen, das in dieser Nacht vor so vielen Jahren in den Boden gesickert war. Sie holte langsam und mit angespannten Lippen Luft und versuchte, cool zu bleiben.

Jonas rieb sich mit der Hand über die dunklen Kinnstoppeln. „Wenn wir nichts von der Quelle wussten, woher weiß sie es dann? Warum kann sie nicht einfach eine finden, die nicht auf unserem Territorium ist?"

„Diese Quellen sind unglaublich selten", sagte Krista. Mel konnte die Frustration in ihrer Stimme hören, weil sie etwas so Einfaches erklären musste. Krista war es nicht gewohnt, mit anderen Gestaltwandlern als Mel zu arbeiten; jeder in ihrer Welt wusste alles, was es über Magie zu wissen gab. „In den letzten 100 Jahren wurden nur drei entdeckt. Und zum ‚wie': sie lässt ihre Leute die alten Überlieferungen studieren. Es gibt Zaubersprüche, um solche Dinge zu entdecken. Sie ist die beste Expertin, wenn es darum geht, eine Quelle zu finden, und sie würde nicht riskieren, in euer Territorium einzudringen, wenn sie nicht verdammt sicher wäre, dass es hier eine Quelle gibt."

Brynne sah jeden der Löwen im Raum an. Ihr Haar fiel in dunklen Locken über ihre Schultern, und sie trug eine Brille mit dickem Rand. „Ich versuche nur ein bisschen Brainstorming, also reißt mir nicht gleich den Kopf ab." Ihre Stimme schien einen Hauch von Nahem Osten zu haben, aber es war unmöglich, das sicher zu sagen. „Was ist, wenn wir ihr einfach die Quelle überlassen? Wir sagen ihr einfach, dass sie sich die Macht nehmen und wieder gehen kann, sobald sie damit fertig ist. Mir ist klar, dass dies keine ideale Lösung ist, aber es würde Blutvergießen vermeiden."

Luke hob eine Hand und schüttelte den Kopf. „Das hier ist mein Zuhause. Euer Zuhause. Ich lasse niemanden etwas stehlen, was uns gehört." Mel entschied, dass es nicht klug wäre zu erwähnen, dass sie bereits etwas gestohlen hatte, was ihm gehörte.

„Sie würde sich darauf nicht einlassen, selbst wenn ihr es versuchen würdet." Mel musste darauf hinweisen. Diese Löwen hatten keine Ahnung, wie gefährlich Ava wirklich war. „Wenn sie gedacht hätte, ihr würdet sie ihr geben, hätte sie verhandelt. *Tatsächlich* verhandelt, anstatt das zu tun, was sie getan hat. Ihr wisst schon, Cassie entführen, sie verhexen und ihr Leben bedrohen. Sie hat sich auf jeden Fall mit einigen Vampiren zusammengetan, vermutlich sind das die Leute, denen sie das Territorium überlassen will, wenn sie mit euch fertig ist. Sie wird nicht fair spielen."

Sinclair sah zweimal zwischen Krista und Mel hin und her, bevor er sprach, seine Stimme war ungläubig. „Woher wollt ihr beide das alles wissen? Ihr seid beide, was, fünfundzwanzig?"

„Ich bürge für sie", sagte Luke, und sein Ton duldete keine Widerrede.

Seinem inneren Kreis gefiel diese Erklärung eindeutig nicht. Sie rutschten auf ihren Stühlen hin und her und zeigten ihren Unmut durch lautes Schnaufen.

„Nein, Luke", sagte Mel. „Sie werden uns nicht vertrauen, wenn sie nicht wissen, woher wir Ava kennen." Und obwohl sie wusste, dass es getan werden musste, brauchte Mel einen Moment, um sich zu sammeln, bevor sie es erklärte. „Hier ist die Kurzfassung. Als ich ein Kind war, hat Ava meine Familie ermordet, weil es auf unserem Territorium eine Quelle gab."

Als es geschah, war sie zu weit weg gewesen, um die Schreie zu hören, sie war nur deshalb am Leben, weil sie vor dem Abendessen im Wald gespielt hatte. „Danach wurde ich von Avas Zirkel adoptiert."

Krista drückte Mels Unterarm, um ein bisschen Trost zu spenden, und sprach dann weiter, um ihr einen Moment der Erholung zu ermöglichen. „Meine Mutter hat mit uns den Zirkel verlassen, als wir 12 Jahre alt waren. Wir waren lange genug dort, um genau zu erfahren, was für eine Art Frau Ava ist. Und Mel und ich haben geschworen, sie zu Fall zu bringen."

„Ich habe den Job, euer Rudel zu bestehlen, nur angenommen, weil die Bezahlung uns eine Chance gegeben hätte, Ava zu finden und zu besiegen." Es war keine Entschuldigung, aber sie sah keinen Grund, es ihnen nicht zu sagen.

„Gibt es eine Möglichkeit, meine Schwester zu retten, ohne ihnen zu geben, was sie wollen?", fragte Luke. Er umklammerte die Lehne des Stuhl, hinter dem er stand, und Mel dachte, dass er das nur tat, um sich davon abzuhalten, den Raum zu durchqueren und ihr Trost zu spenden. Sie wusste nicht, ob sie seinen Trost annehmen würde oder nicht. Sie war kurz davor, entweder zu schreien oder zu weinen, und beherrschte sich nur, weil sie in Anwesenheit dieser gefährlichen Leute gefasst bleiben musste.

Krista ließ Mels Arm los und sah Luke an. „Wenn Cassie die Person tötet, die den Fluch auf sie gelegt hat, könnte ihn das aufheben. Aber sie ist im Moment schwach, und wir wissen immer noch nicht, wer von Avas Leuten sie verhext hat."

„Nichts für ungut, Alpha", sagte Maya, „aber ich glaube nicht, dass deine Schwester eine so mächtige Hexe wie Ava töten kann."

„Ava würde das nicht selbst tun", sagte Krista. „Flüche sind eine riskante Angelegenheit und sie ziehen kontinuierlich Macht ab. Aber jeder ihrer Leute kommt dafür in Frage."

„Kannst du herausfinden, wer es getan hat?“, fragte Luke.

Krista nickte. „Ich kann es versuchen.“

„Also, was machen wir wegen der Quelle?“

„Ihr könnt sie zerstören“, sagte Mel, „sobald ihr sie gefunden habt. Krista und ich haben den entsprechenden Zauberspruch, und sie hat die Macht.“

Luke nickte. Er sah Krista an. „Finde einen Weg, meine Schwester zu retten“, sagte er, bevor er seine Aufmerksamkeit Mel zuwandte. „Lasst uns diese Hexe töten.“

ES TAT LUKE WEH, dass er Mel nicht trösten konnte, nachdem er ihre Geschichte gehört hatte. Aber es war weder der richtige Zeitpunkt noch der richtige Ort für Trost, und sie hätte ihm ein solches Angebot übel genommen, wenn er dumm genug gewesen wäre, es zu machen.

„Also, wie finden wir die Quelle?“, fragte er Krista. Es lag eine gewisse Ironie darin, dass die beiden Frauen, die Ava den Scharlachroten Smaragd in die Hände gespielt hatten, auch die beiden einzigen waren, die sein Rudel sicher durch diesen Schlamassel hindurch bringen konnten.

Krista runzelte die Stirn und suchte

wahrscheinlich nach einem Weg, einem Mann, der niemals einen Zauberspruch würde wirken können, zu erklären, wie man etwas Magisches findet. „Die Quelle selbst ist nicht physisch. Es gibt natürliche Schutzmaßnahmen, die dafür sorgen, dass sie für das bloße Auge unsichtbar bleibt."

Natürlich, was sonst. Luke konnte ein Seufzen nicht unterdrücken, aber er unterbrach die Hexe nicht.

„Aber die Quelle wird eine Wirkung auf das Land haben", fuhr sie fort. „Die Pflanzen in ihrer Umgebung werden größer als normal sein, Bäume mit riesigen Wurzelwerk, Pilze, die aussehen wie etwas aus Alice im Wunderland, solche Sachen. Und es werden keine Tiere in der Nähe sein. Nicht einmal Insekten. Logischerweise muss sie tief im Inneren deines Territoriums sein, wenn Ava und ihre Leute sie bisher nicht gefunden haben. Wenn sie am Rande des Territoriums wäre, hätte sie ihre Macht bereits abgezogen und wir wären alle tot."

„Kannst du sie nicht einfach mit einem Zauberspruch finden?", fragte Maya.

Krista schüttelte den Kopf. „Kein Zauber würde mich direkt hinführen. Avas Zaubersprüche gaben ihr ein Gebiet, in dem sich die Quelle befindet. Sie kann sie aufspüren, sobald sie in der Nähe ist. Es gibt keinen Zauberspruch, der mir die GPS-Koordinaten geben würde, und selbst wenn, wäre ich vorsichtig.

Ava ist verdammt mächtig und jede Magie, die ich ausübe, läuft Gefahr, von ihr entdeckt zu werden, unabhängig von den Vorsichtsmaßnahmen, die ich ergreife."

„Dann werden wir dieses Ding auf altmodische Weise finden." Er wandte sich an Brynne, Jonas und Killian: „Ich möchte, dass ihr das Rudel bewacht. Setzt die Sicherheitsstufe auf höchste Alarmbereitschaft und sorgt dafür, dass alle in der Nähe bleiben. Ich möchte tägliche Check-Ins von allen. Jetzt ist nicht der Zeitpunkt für einen netten Urlaub. Informiert mich über Fremde im Territorium und lasst diese Hexen beschatten."

„Wird erledigt", sagte Brynne.

„Jonas und Sinclair, ihr zwei werdet die östliche Hälfte des Territoriums übernehmen. Mel und ich nehmen den Westen." Das gefiel seinen Beratern nicht, aber dies war der erste Schritt, sie daran zu gewöhnen, Mel zu akzeptieren. Wenn sie damit einverstanden war, zu bleiben.

„Habe ich ein Mitspracherecht?", fragte Mel, ihr Ton halb amüsiert und halb frustriert.

„Er ist der Alpha", sagte Killian, „und er hat einen Befehl gegeben."

Im Raum wurde es still. Mel drehte sich zu Killian um. Mit zwei großen Schritten war sie vor ihm, die Hände fest an ihre Seiten gelegt. „Das ist nicht mein Rudel."

Luke wartete, bevor er sprach. Er würde Mel vor Killian beschützen, und vor jedem, der versuchte, ihr zu schaden, aber er wollte sie nicht untergraben, besonders nicht bei diesem ersten Machtkampf.

Killian fletschte die Zähne, und das leise Grollen eines Knurrens kam aus seiner Kehle. „Du wirst dieses Rudel und die Autorität des Alphas respektieren, solange du im Territorium bist“, verlangte er.

Mel lehnte sich zurück, alle Anspannung schien von ihr abgefallen zu sein. Aber Luke konnte ihre geballte Faust sehen und wollte wissen, was sie als nächstes tun würde. Er glaubte nicht, dass sie Killian in einem Kampf schlagen könnte, aber wenn sie jemals akzeptieren sollte, dass sie seine Gefährtin und der weibliche Alpha war, musste sie sich in seinem inneren Kreis ohne Blutvergießen durchsetzen können.

Sie grinste und legte ihren Kopf zur Seite. „Es scheint mir, dass der Alpha es mir sagen würde, wenn er ein Problem mit mir hätte.“ Sie drehte sich um und schenkte Luke ihr strahlendstes Lächeln. Es war vollkommen unecht, und doch hatte es einen Effekt auf ihn. „Habt Ihr ein Problem mit mir, oh großer böser Alpha?“

Es war nicht respektvoll. Es war geradezu unverschämt. Aber die Spannung verflog und Luke sah, wie Brynne und Jonas – vergeblich – versuchten, ihr Grinsen zu verbergen. Maya versuchte nicht einmal, ihr Lächeln zu unterdrücken und nur Sinclair sah nachdenklich aus.

„Kümmert euch um die Stadt“, sagte Luke zu seinen Leuten. „Wir beginnen mit der Suche bei Einbruch der Dunkelheit.“ Sie gingen, jeder ergriff kurz seinen Arm, bevor er sich auf den Weg machte.

„Ich würde Cassie gerne sehen“, sagte Krista.

„Natürlich“, Luke nickte. Er führte sie zu Cassies Zimmer und bemerkte, dass Mel ihnen folgte. Maya bog ab, aber er fragte nicht, wohin sie ging. Sie hatte genug zu tun, auch ohne dass er sich einmischte.

Sie wollten gerade nach oben gehen, als sich die Haustür öffnete. Luke dachte, es sei einer aus seinem inneren Kreis, der nochmal zurück kam, aber als ihm ein kaum vertrauter Geruch in die Nase stieg, erstarrte er. Dies war ihr dritter Partner, Bob.

Der große schwarze Mann trat ein und schloss die Tür hinter sich. Er lächelte, als er Krista sah und sie eilte zu ihm um ihn zu umarmen. Mel blieb neben Luke und nickte Bob nur zu. Die drei hatten offenbar eine bewegte Vergangenheit miteinander, und Luke wusste das meiste nicht. Er bezweifelte, dass er die Dramen, die sich in einer Diebesbande abspielen konnten, jemals vollständig verstehen würde.

Als Krista sich aus der Umarmung löste, lächelte sie hoffnungsvoll. „Was hast du herausgefunden?“

„Es ist Ava.“ Hätte Bob diese Bombe vor ein paar

Minuten fallen lassen, hätte er vielleicht eine schockierte Reaktion erhalten.

„Das haben wir mittlerweile herausgefunden", sagte Mel, die sich vollständig von dem Trauma erholt hatte, Avas Namen zu hören, oder zumindest jetzt in der Lage war, ihre Gefühle zu verbergen.

Bob nickte. „Sie hat die Gegend in den letzten drei Jahren beobachtet. Eine Gruppe von Vampiren hat gerade erst zugestimmt, ihr zu helfen. Sie hat nicht vor, zu bleiben."

Luke hatte in den letzten acht Jahren viel über das Auf und Ab der lokalen übernatürlichen Politik gelernt. Er hatte gute Informanten in jeder Stadt in Colorado mit mehr als 100.000 Einwohnern und weitere, die über den Rest der Region verstreut lebten. Er wusste nicht alles, was in der übernatürlichen Welt vor sich ging, aber er war alles andere als unwissend. Was eine Frage aufwarf: „Woher weißt du das?", fragte er. Der Gedanke, so viel nicht mitbekommen zu haben, gefiel ihm nicht.

Bob erwiderte seinen Blick, und Luke erkannte ein weit größeres Wissen, als ein Mann von etwa vierzig Jahren haben sollte. Er fragte sich, wie alt Bob wirklich war, aber es wäre mehr als unhöflich gewesen, danach zu fragen. „Das ist mein Job", war Bobs einzige Erklärung.

Krista war von dieser Erklärung unbeeindruckt. „Und irgendetwas für Cassie?"

Bob ließ die Frage einen unangenehmen Moment lang unbeantwortet. Schließlich sprach er. „Wenn es soweit kommt, kann ich einen Gefallen einfordern." Nach einer Pause fügte er hinzu: „Hoffen wir, dass es nicht so weit kommt."

„Sie ist noch ein Kind." sagte Luke. Und außerdem seine Schwester. Es gab nichts, was er nicht tun würde, keinen Gefallen, den er nicht einfordern würde, wenn es helfen würde, sie zu retten.

Bob ließ ein kurzes und hohl klingendes Lachen hören. „Für mich seid ihr alle noch Kinder."

Luke trat einen Schritt vor. In seinem eigenen Territorium forderte ihn niemand so offensichtlich heraus.

Krista spürte die Gefahr und begann zu sprechen. „Kannst du mir helfen, den Ursprung des Fluchs aufzuspüren?"

Bob brach den Blickkontakt mit Luke ab, und lächelte Krista an. „Natürlich." Die beiden gingen weg, ohne sich von Mel oder Luke zu verabschieden.

„Ich treffe dich in der Abenddämmerung", sagte Mel. Sie ging, bevor Luke etwas sagen konnte, um sie aufzuhalten. Nicht, dass er wusste, was er sagen konnte, um sie vom Weggehen abzuhalten. Mel war kompliziert, und Luke musste noch viel lernen, bevor sie bereit war, an seiner Seite zu bleiben.

7

KAPITEL SIEBEN

Zum ersten Mal seit Jahren dachte Mel darüber nach, was sie tun wollte, wenn es Ava nicht mehr gab. Ihr ganzes Leben hatte sich darum gedreht, diese Frau entweder zu vermeiden oder sie zu töten. Zumindest der Teil ihres Lebens, an den sie sich erinnern konnte. Ihre Erinnerungen an die Zeit vor Ava waren mehr plötzliche Erinnerungsfetzen und Träume als substanzielle Gedanken.

Sie nahm an, dass sie weiterhin als Diebin arbeiten würde. Sie war gut darin – sehr gut – und das Gefühl der Erfüllung, das sie empfand, wenn sie sorgfältig platzierte Sicherheitsvorkehrungen überwunden hatte und ihre Beute an sich nahm, war besser als alles, was sie je erlebt hatte.

Aber wenn das alles vorbei war, würde sie Ava nicht mehr im Auge behalten müssen. Sie würde nicht mehr über ihre Schulter schauen müssen, wenn sie an der Ostküste unterwegs war. Sie würde nicht mehr dieses seltsame wilde Mädchen sein, das bei Hexen aufgewachsen war.

Sie wäre frei.

Wenn sie es überlebte.

An der Baumgrenze entlang zu gehen, nicht weit vom Haus entfernt, war anders als Mels vorheriger Lauf. Jetzt konnte sie schlendern und ihre Gedanken ordnen, obwohl sie die Gesellschaft nicht genoss. Es dauerte einige Augenblicke, bis sie merkte, dass sich jemand in ihrer Nähe befand, und eine weitere Minute, um sicher zu sein, dass er ihr folgte. Und es war offensichtlich, dass dieser Junge nicht Luke war.

Weder Krista noch Bob waren in der Stimmung, ihr nachzukommen. Sie machte ihnen keinen Vorwurf. Sie konnte es auch kaum erwarten, dass die ganze Sache vorbei war. Sie nahm an, dass sie alle getrennte Wege gehen würden, wenn das hier vorbei war. Schließlich waren sie immer noch verletzt wegen Mels Verrat und es war nicht so, als hätte sie es nicht verdient.

Sie würde sie vermissen.

Im Moment hatte sie keine Zeit, sich in Erinnerungen zu suhlen. Sie packte einen niedrig hängenden Ast und zog sich hoch, womit sie schnell vom Boden verschwunden war. Der Junge kam ihr nachgerannt, eine idiotische Entscheidung. Sie musste wirklich mit Luke darüber reden, wie er die Kinder in seinem Rudel trainierte. Wenn er nicht anfing, ihnen etwas Vernunft einzubläuen, würden sie ihn ruinieren.

Als der blonde Junge direkt unter ihr war, stürzte sich Mel auf ihn, brachte ihn mit einer schnellen Bewegung zu Boden und packte ihn mit beiden Händen an der Kehle. Sie wussten beide, dass sie jeden Moment ihre Form wechseln und ihn endgültig ausschalten konnte.

Mel erkannte ihn. Er war der Junge, den Cassie in der Nacht von Mels Flucht betäubt hatte. In der Nacht, in der alles zur Hölle gegangen war.

Mick.

„Hat Luke dich geschickt?“, fragte sie. „Ich brauche keine Wache.“

Mick stotterte, seine Wangen waren fleckig rosa und seine Augen nass von Feuchtigkeit, während er tapfer zu verhindern versuchte, in Tränen auszubrechen. „Nein!“, sagte er.

„Warum bist du mir dann gefolgt?“ Von all den Dingen, die Mel auf dieser Welt hasste, stand das Ausspioniertwerden ganz oben auf der Liste.

„Ich habe dich nicht verfolgt.“ Er versuchte, den Kopf zu schütteln, aber sie hatte seinen Nacken so fest im Griff, dass er nur schwach zucken konnte.

Mel glaubte, dass Luke ihn nicht beauftragt hatte. Sie hatte gewusst, dass es nicht so einfach war, als sie die Frage gestellt hatte. Aber sie glaubte keinen Moment, dass dieser Junge nicht *etwas* ausspionierte.

Sie verschränkte die Arme und hob eine Augenbraue. Schwächere Männer waren in weniger als fünf Sekunden zusammengeklappt, wenn sie diesem Blick ausgesetzt waren. Zu Micks Ehre war zu sagen, dass er sieben Sekunden durchhielt, bevor er in sich zusammensackte, seine Schultern schlaff wurden und der Blick nach unten ging. „Ich habe gesehen, dass der gesamte innere Kreis hier war. Ich wollte nur wissen, was los ist."

Und es war nicht Mels Aufgabe, den Jungen aufzuklären. Selbst wenn es ihre Aufgabe gewesen wäre, hätte sie es nicht getan. Sie brauchten keinen neugierigen Teenager, der eine Vorliebe dafür hatte, ihre Pläne durcheinander zu bringen.

Nun, sie brauchten keinen *weiteren* solchen Teenager.

„Ich bin sicher, dass Luke mit dir sprechen wird, wenn du Fragen hast." Das klang richtig. Luke war unglaublich vernünftig, doch sie bezweifelte, dass er diesem Kind alles erzählen würde. Aber so wie sein Gesicht jede Farbe verlor, als sie das vorschlug, erkannte Mel, dass es einige Dinge in der Rudelpolitik gab, die sie vielleicht nie verstehen würde.

„Bitte sag ihm nicht, dass ich hier war!", bettelte Mick.

Mel hatte keinen Grund, nachsichtig zu sein. Sie wusste, dass Mick sie in der Nacht ihrer Flucht bewachen sollte. Er war derjenige gewesen, den Cassie unter Drogen gesetzt hatte, bevor sie Mel angefleht hatte, ihr zu helfen, sich zum ersten Mal zu verwandeln. Mick musste Ärger bekommen haben, weil er sowohl bei der Bewachung von Mel als auch beim Schutz von Cassie versagt hatte. Vielleicht war das ein guter Grund, den Alpha vorerst zu meiden.

„Wenn du nicht willst, dass er weiß, dass du hier bist, dann sei nicht hier." Sie schnippte mit den Fingern und verscheuchte ihn.

Mick machte, dass er weg kam. Er rannte zurück in den Wald und verschwand aus Mels Blickfeld, lange bevor seine Schritte nicht mehr zu hören waren.

Mel lehnte sich für ein paar Minuten an einen Baum, bevor sie sich entschied, zurück zum Haus zu gehen. Der Junge hatte ihr die Laune verdorben.

Nachdem sie im Haus angekommen war, nahm sich Mel ein Buch, um sich abzulenken. Krista und Bob hatten sich bei Cassie verschanzt, und sie hatte seit einigen Stunden weder Luke noch Maya gesehen. Das Haus war seltsam still. Natürlich waren ein halbes Dutzend Leute oder mehr im Haus, aber in ihrem Zimmer war sie so alleine wie ein Mönch in seiner Zelle. Sie lag zusammengerollt auf dem Bett und vertiefte sich in die Geschichte.

Als Luke die Tür zu ihrem Zimmer öffnete und seinen Kopf hereinstreckte, hätte sie vor Schreck beinahe aufgeschrien. Instinktiv schob sie das Buch unter die Decke, damit er den Titel nicht sehen konnte. Ava hatte ihr das Lesen verboten und Tina fand, dass es wichtiger sei, Hausaufgaben zu machen als kitschige Romane zu lesen.

„Huh", war alles, was Luke zu ihrer hektischen Reaktion sagte. Er machte keine Anstalten, nach dem Buch zu greifen. Als er, von Licht umhüllt, in der Tür stand, sah er aus wie ein Engel. Ein dunkler, sexy Engel. Oder vielleicht ein Teufel, der seine Wirkung kannte und einzusetzen wusste.

„Was?", fragte Mel, und sie wusste, dass es im Moment keine Möglichkeit gab, cool zu wirken. Sie täuschte vor, entspannt zu sein und tat so, als hätte er sie nicht erschreckt.

Luke schien Mühe zu haben, Worte zu finden. Aber er ließ sie nicht zu lange warten. „Ich glaube, ich bin überrascht, dass du liest."

Diese Bemerkung war ein bisschen beleidigend. Mel war um die Welt gereist, sie sprach zwei Sprachen und konnte sich in weiteren drei Sprachen durchmogeln. „Hast du gedacht, dass ich zum Spaß ein Vorhängeschloss knacken würde oder so?" Sie versuchte einen Witz.

„Nun, wenn du es so sagst, klingt es beleidigend." Er hatte nicht den Anstand, ein schlechtes Gewissen zu haben.

Mel lachte leise. „Sie sind wie Zauberwürfel", sagte sie.

„Was?" Luke konnte ihr nicht folgen.

„Einfache Schlösser", erklärte sie. „Sie sind wie Zauberwürfel. Wenn du den Trick erst einmal kennst, sind sie nicht schwer zu knacken." Sie hielt ihre Hände vor sich und drehte sie, um so zu tun, als würde sie mit einem Zauberwürfel hantieren. „Es kann beruhigend sein, aber nicht sehr interessant."

Aber Luke hing immer noch an den Würfeln fest. „Gibt es einen Trick bei den Zauberwürfeln? Als ich vierzehn war, habe ich einen ganzen Sommer mit dem Versuch verbracht, einen zu lösen."

Sie fragte nicht, ob er es geschafft hatte. Der Frust in seinen Worten war Antwort genug. „Ja, es gibt einen Trick."

„So sehr ich mir auch wünsche, dass du es mir beibringst", und diesmal hatte sie den Eindruck dass er es aufrichtig meinte, „wir müssen los. Es ist dunkel draußen."

Mel erhob sich vom Bett und ließ das Buch unter der Decke liegen. Krista würde nicht hineinschauen, wenn sie es nicht offen herumliegen ließ. „Ich bin bereit."

Er wartete einen Moment, bis sie ihre Schuhe angezogen hatte, und dann waren sie unterwegs. Mel dachte, sie würden direkt in den Wald gehen, aber Luke führte sie zur Garage. Er ging an allen Autos vorbei und entschied sich für ein zweisitziges ATV, ein Geländefahrzeug. Es gab zwei verschiedene ATVs, auf einem konnten zwei Personen nebeneinander Platz nehmen, auf dem anderen saßen sie hintereinander.

Luke entschied sich für das Letztere. Mel würde ihn während der Fahrt an ihm festhalten müssen.

„Wären wir nicht schneller, wenn wir laufen?" Sie hatte nichts gegen den direkten Körperkontakt, aber sie hatten einen Job zu erledigen.

„Wenn wir während der Arbeit nicht miteinander reden müssten, dann ja."

Mel war es nicht gewohnt, bei ihren Aufgaben einen Partner zu haben. Bei der Arbeit mit Krista und Bob hatten sie die Aufgaben aufgeteilt. Wenn Mel ihre Form wechselte, um etwas zu überwachen, musste sie während der Durchführung nie ihre Beobachtungen mit jemandem teilen.

Aber sie kletterte mit einem Lächeln hinter Luke auf das ATV. Dies war eine Anpassung, zu der sie mehr als bereit war.

„Und ich bin mir sicher, dass du dieses hier

genommen hast, weil es besser zu handhaben ist?“, fragte sie neckend.

Lukes Stimme war voller Sarkasmus. „Selbstverständlich.“

Er öffnete die Garage und sie fuhren schneller heraus, als Mel erwartet hatte. Sie beugte sich vor, ihre gesamte Vorderseite fest gegen seinen Rücken gepresst, während sie ihn fest umklammerte und sich festhielt.

Ja, ihr gefiel das.

Sie konnte jeden Zentimeter von ihm an sich spüren, von ihrem Nabel bis zu ihrem Schlüsselbein. Jede Bodenwelle war eine süße Folter. Mel erinnerte sich an das Gefühl seiner Lippen auf ihren, an seinen Körper, der in diesem erotischen Tanz an ihren gepresst war. Sie konnte es kaum erwarten, ihn zu nehmen.

„So habe ich mir das nicht vorgestellt, wenn ich daran dachte, meine Schenkel um dich zu legen“, flüsterte sie in sein Ohr, ihre Lippen streichelten seine Haut.

„Jesus“, dem Klang seiner Stimme nach konnte sie sich vorstellen, wie er die Griffe der Lenkstange fest umklammerte. „Jetzt entscheidest du dich, mit mir zu flirten.“

Mel verstärkte ihren Griff um ihn und spürte, wie sich seine Bauchmuskeln unter ihren Händen zusammenzogen. „Was sollen wir sonst tun?“ Ihre

Zunge schoss heraus und leckte über den äußeren Kamm seines Ohrs.

„Ich werde mit diesem verdammten Ding einen Unfall bauen, wenn du so weitermachst." In seinen Worten lag eine Herausforderung und Mel glaubte nicht, dass er wollte, dass sie aufhörte. Sie hatte viel zu viel Spaß, um sich von dem Gedanken an ein brennendes Wrack davon abbringen zu lassen.

Mel ließ eine Hand an Lukes Brust und ließ die andere die Formen seiner Bauchmuskeln erkunden.

Luke bedeckte diese Hand und hielt sie fest, bevor sie ihn weiter ablenken konnte. „Was sagst du dazu: wenn wir die Quelle nicht in der nächsten Stunde finden, gehen wir in mein Zimmer und vergessen für den Rest der Nacht unsere Sorgen?"

Mel hatte schon gedacht, er würde nie fragen. „Das ist auf jeden Fall besser als der Waldboden."

Aber er war nicht zufrieden. „Ist das ein Ja?"

Sie küsste wieder seinen Hals, allerdings nur ganz kurz. „Was denkst du?" Sein Vorschlag motivierte sie mehr denn je, diese Arbeit richtig zu erledigen. Sie waren schon zu lange Richtung Sex unterwegs. Vielleicht würde sie ihn danach vergessen und all diese Gedanken an Gefährten und eine Zukunft und all diesen Blödsinn loswerden können.

Noch während sie darüber nachdachte, wusste sie, dass sie verrückt war. Luke war nicht die Art Mann, den ein Mädchen vergessen konnte. Es gab keinen Weg, ihn einfach zu vergessen. Wenn sie erst einmal zusammen waren – wirklich, wahrhaftig zusammen – würde sie ihm total verfallen. Gefährte, verdammt.

Sie hatte vorher noch nie geliebt.

War das jetzt Liebe? Nicht nur Lust. Lust verstand sie. Aber dieser Wunsch, mit ihm zu sprechen, ihre Gedanken zu teilen und seine Gedanken kennenzulernen. Der dumpfe Schmerz, den sie verspürte, als sie von ihm getrennt war. Und am meisten Angst machte ihr die Gewissheit, die sie in ihrem Herzen spürte, dass sie mit ihm zusammen Ava vernichten und jeden Feind besiegen konnte, der ihren Weg kreuzte.

Könnte Liebe sie so stark machen?

Als sie anhielten und er das ATV neben einem besonders hohen Baum parkte, schob sie ihre Angst vorerst beiseite. Mel ließ ihn los und stieg ab, nahm sich aber vorher noch eine zusätzliche Sekunde, um das Gefühl ihrer Hände an seiner Brust zu genießen. Aber sobald sie sich nicht mehr berührten, wurde sie ganz professionell.

Sie sah sich den Wald um sie herum genau an. Nichts schien seltsam oder fehl am Platz. Weiter entfernt hörte man Geräusche von Tieren, allerdings hatten sie mit dem Krach, den das ATV machte, die meisten Tiere aus ihrer Nähe verscheucht.

„Es ist wahrscheinlich am besten, unseren

Abschnitt in einem großen Kreis zu umrunden und zu schauen, ob uns etwas verdächtig erscheint." Sie wollte nicht jeden Zentimeter Wald durchkämmen, wenn es nicht nötig war.

„Verdächtig?"

Mel zuckte mit den Schultern. „Blut, das vom Himmel regnet? Seltsamer magischer Scheiß. So was." Krista hatte alles genau beschrieben, und sie hatte keinen Zweifel, dass Luke sich an das meiste erinnerte.

Sie machten sich zwischen zwei Bäumen hindurch auf den Weg. Es war kein richtiger Pfad, aber sie kamen gut voran, gingen Seite an Seite, wenn sie konnten, und hintereinander, wenn der Wald sie dazu zwang. Luke hielt einen halb umgefallenen Baumstamm hoch, um sie darunter hindurch gehen zu lassen, bevor er zu sprechen begann.

Er sprach sehr leise, übertönte kaum die Geräusche des Waldes um sie herum. „Weißt du, was ich wirklich gerne tun würde?"

„Was?" Sie würde es verstehen, wenn er Magie einsetzen wollte, um Ava für das, was sie Cassie angetan hatte, lebendig zu rösten. Mel hatte sich schon viele Male in ihrem Leben dasselbe gewünscht.

„Ich möchte meine Eltern anrufen und sie um Rat fragen." Er sprach es aus, als wäre es etwas, wofür er sich schämen musste. Als wäre schon der Gedanke, um Hilfe zu bitten, eine Todsünde.

„Warum rufst du sie dann nicht an?" Das war etwas, das Mel nicht tun konnte. So herzlos es klang, es gab viele Situationen, in denen Mel ihre Eltern und ihre Familie nicht vermisste. Wenn sie arbeitete, bei einem besonders guten Essen, wenn sie kämpfte oder fickte. Und selbst wenn sie sie vermisste, dachte sie nie an die Dinge, bei denen sie ihr hätten helfen können, wenn sie noch am Leben wären.

Luke stieß einen hohlen Laut aus, der ein Lachen hätte sein können. „Wo Cassie verletzt ist?" Er schüttelte den Kopf. Der Wald vor ihnen wurde dichter und er ließ Mel voran gehen. „Ich bin zwar der Alpha, aber ich bezweifle, dass das meine Mutter davon abhalten würde, durch den Staat zu toben und alles niederzubrennen, bis sie ihre kostbaren Babys gerettet hat."

Eine Portion rechtschaffener Zorn könnte nützlich sein. „Es gibt Schlimmeres, was sie tun könnte", überlegte Mel. „Aber warum kannst du ihnen nicht einfach sagen, dass du alles unter Kontrolle hast?" Auch wenn das nicht ganz stimmte. „Vertrauen sie dir nicht?"

Hier war der Punkt, den Mel an der Sache mit den Eltern nie richtig verstanden hatte. Obwohl Tina sie gerettet hatte, hatte sie nie versucht, ihr eine Mutter zu sein. Mel konnte sich nicht vorstellen, dass jemand mit dem Gewehr im Anschlag hereinstürmte, einfach nur um einen anderen aus selbstlosen Motiven heraus zu schützen.

Aber Luke schien ihre Frage nicht zu verstehen. Er stotterte ein wenig, die Laute versuchten zu einer Frage zu werden, die sie allerdings nicht verstehen konnte. Schließlich ordnete er seine Gedanken. „Es geht nicht um Vertrauen“, erklärte er. „Cassie und ich sind ihre Kinder.“

Mel zuckte mit den Schultern. „Kristas Mutter hat uns alles selbst regeln lassen.“

„Hat sie euch beide nicht zu gesetzlosen Dieben erzogen und ausgebildet?“

„Sind nicht alle Diebe gesetzlos? Warte ...“ Mel blieb stehen. Sie glaubte etwas unter einem großen Felsen etwas abseits des Weges entdeckt zu haben. Sie ging um mehrere Bäume herum zu der Stelle und ging dann neben dem Unterholz in die Knie.

„Was ist da?“ Luke folgte ihr nicht. Er traute ihr zu, das alleine zu untersuchen.

Mel stand auf und schüttelte den Kopf. Sie ging zu ihm zurück. „Ich dachte, ich hätte etwas gesehen, aber anscheinend doch nicht.“

„Verdammt.“

„Ja.“

Mel wollte das Gespräch nicht beenden. Sie hatte das Gefühl, so viel über diesen Mann zu lernen. „Du hast also ein gutes Verhältnis zu deinen Eltern?“

„Ich denke, das habe ich. Aber Scott ist kein Alpha, und meine Mutter ist schon seit mehr als zwanzig Jahren kein Alpha mehr. Sie verstehen nicht immer, welche Last ich auf meinen Schultern trage."

„Das klingt ..." Sie konnte den Satz nicht beenden.

Ein Schrei fegte durch den Wald und sowohl Luke als auch Mel liefen sofort darauf zu.

OHNE ZU ZÖGERN rannte Luke auf den Schrei zu und Mel war nicht weit hinter ihm. Er erkannte, dass die Schreie von einem seiner Rudelmitglieder kamen, aber er war sich nicht sicher, von wem. Der Wald um ihn herum verschwamm, als er über umgestürzte Bäume und Hindernisse sprang.

Wenn er innehielt, um darüber nachzudenken, wie er sich bewegte, würde er stolpern, aber dies war nicht Lukes erster Lauf. Nach einer Minute erreichte er eine kleine Lichtung, kaum mehr als zwei Meter breit.

Ein Vampir hielt Mick fest, die Reißzähne in der Kehle des Teenagers vergraben.

Luke stürzte sich auf die Kreatur und stieß dabei ein Brüllen aus. Wenn Mick ein Mensch gewesen wäre, hätte Luke das niemals versucht. Das wäre viel zu gefährlich gewesen für jemanden ohne die kräftige Konstitution eines Gestaltwandlers.

Unter Lukes Gewicht gingen beide zu Boden und der Vampir ließ Mick los und richtete seine Aufmerksamkeit auf seinen neuen Angreifer. Luke knurrte ihn an und zeigte der blassen Bestie seine Reißzähne.

Der Vampir hätte menschlich aussehen sollen. Sie hatten keine zweite Form, ihre einzige übernatürliche Eigenschaft waren ihre langen Reißzähne. Aber dieser Vampir war anscheinend rasend vor Hunger. Seine Augen waren glasig und blutunterlaufen, sein Mund in einem Zischen erstarrt und seine Reißzähne waren sichtbar.

Luke bewegte sich, sprang zur Seite und hielt den Blick der Kreatur auf sich gerichtet. Er konnte erkennen, dass Mel versuchte, Mick aus dem Weg zu schaffen und ihn in Sicherheit zu bringen. Er wollte nicht riskieren, dass einer von den beiden dieser Bestie zum Opfer fiel.

Die Augen des Vampirs blieben an ihm kleben, und als der Vampir sich nach vorne warf, wich Luke aus, drückte ihn zur Seite, so dass er stolperte und fiel. Der Vampir rollte sich einmal komplett um die eigene Achse, bevor er mit einem kleinen Hüpfer wieder auf die Füße sprang. Es wäre beeindruckend gewesen, wenn sie nicht in einen Kampf verwickelt gewesen wären.

Aber der Vampir stand noch nicht wieder ganz sicher auf den Beinen und Luke nutzte den Vorteil, stürmte nach vorne und schlug mit den Fäusten auf ihn ein. Wäre er in seiner anderen Form gewesen, wäre der Vampir von seinen Klauen in Stücke gerissen worden. Allerdings hatte er keine Zeit, seine Form zu wechseln, stattdessen nutzte er seine angeborene Kraft, um so viel Schmerz wie möglich zuzufügen.

Luke landete ein paar gute Treffer, bevor der Vampir sich aufbäumte, Luke aus dem Gleichgewicht brachte und ihn zur Seite warf. Zu einem anderen Zeitpunkt hätte der Vampir nachgesetzt und versucht, ihn zu töten, aber er wusste, dass sie ihm zahlenmäßig überlegen waren. Er drehte sich um und rannte tiefer in den Wald hinein, in die entgegengesetzte Richtung von Lukes Haus und dem Weg, auf dem er und Mel gekommen waren.

Wäre der verletzte Mick nicht gewesen, hätte Luke die Verfolgung aufgenommen. Aber der Vampir konnte Freunde haben, die auf ihn warteten, und er wollte nicht in einen Hinterhalt geraten.

Mel wischte mit einem Stück Stoff über Micks Nacken. Sie ging dabei nicht besonders sanft vor und er zuckte jedes Mal zusammen, wenn sie seine Schnittwunden berührte.

„Geht es dir gut?“, fragte Luke.

Mick zuckte erneut zusammen, wich von Mel zurück und riss ihr das Tuch aus den Händen. „Du bist schlimmer als dieser verdammte Blutsauger.“

„Was machst du hier?“, fragte sie in einem beinahe anklagenden Tonfall.

Obwohl Luke über die Anwesenheit des Jungen nicht glücklich war, verstand er nicht, warum sie ihn zur Rede stellte. Dies war das Land des Rudels und die Mitglieder des Rudels konnten sich mit wenigen Ausnahmen nach Belieben bewegen. Mick steckte gerade in großen Schwierigkeiten, weil er Cassie nicht beschützt hatte, aber selbst er durfte regelmäßig spazieren gehen.

Mick verteidigte sich, bevor Luke etwas sagen konnte. „Ich habe dir schon gesagt, dass ich nicht spioniere!“

Selbst wenn Luke ein weniger kluger Mann gewesen wäre, hätte das die Alarmglocken geläutet. „Ich wusste nicht, dass ihr beide schon miteinander gesprochen habt.“ Die Wunden des Jungen heilten bereits und Lukes Geduld war langsam am Ende. Obwohl Mick in diesem Teil des Territoriums sein durfte, war es trotzdem seltsam, dass er jetzt hier war.

Warum hatte Mel ihm also nichts von Micks Spionieren erzählt?

Das holte sie jetzt nach. „Er lauerte mir heute vor dem Haus auf.“

„Ich stand einfach nur da. Das hatte nichts mit Auflauern zu tun.“ Und jetzt hörte man die Empörung eines ignorierten Teenagers in seinen

Worten. Er würde in wenigen Sekunden alles zugeben, wenn sie ihm glaubten.

„Warum standest du da?“ Luke fragte: „Und was hast du jetzt hier gemacht?“

Mick zuckte mit den Schultern und zuckte zusammen, als er über seine immer noch empfindliche Haut strich. „Ich war nur neugierig. In den letzten Wochen war alles abgeriegelt und die Jungs wollten wissen, was los ist. Wir alle wollen das wissen.“

Luke gefiel es zwar nicht, aber Mick hatte teilweise Recht. Bei allem, was mit Mel und Cassie zu tun hatte, hatte er jedem nur das gesagt, was er unbedingt wissen musste. Sein innerer Kreis wusste Bescheid, aber die anderen Gestaltwandler, für die er verantwortlich war, hatten keine Ahnung.

Und er musste es vorerst dabei belassen.

Wenn das vorbei war, würde er ihnen alles erzählen, aber bis dahin musste er sie beschützen. Wenn er sich zwischen dem und der Befriedigung der Neugier von Kindern entscheiden musste, würde er sich immer für die Sicherheit des Rudels entscheiden.

„Für ein bisschen Neugierde bist du aber ziemlich tief im Wald“, sagte Luke. „Und wenn du oder deine Freunde wissen wollen, was los ist, dann fragt ihr. Ihr spioniert nicht und schleicht nicht herum. Du bist fast erwachsen. Verhalte dich auch so, wenn du jemals Verantwortung in diesem Rudel übernehmen willst. Du bist noch weit davon entfernt, dich zu beweisen."

Mick stotterte, aber er konnte keinen ganzen Satz hervorbringen.

„Lasst uns zurückgehen." Luke hatte keine Zeit, dem Jungen einen langen Vortrag zu halten, nicht mitten im Wald, nicht nachdem er gerade einen Vampir verscheucht hatte.

„Ich kann selbst nach Hause gehen", sagte Mick.

Mel schnaubte vor Lachen, „Weil dieser Vampir deinen Arsch nicht aufspüren und dich lebendig auffressen kann, sobald wir außer Sicht sind, richtig?"

„Ich kann einen dummen Vampir besiegen!"

Luke schüttelte den Kopf. Normalerweise war Mick der Besonnene unter seinen Freunden. Er hatte mit diesem Jungen noch nie solche Probleme gehabt. Aber jeder Teenager schlug irgendwann einmal über die Stränge. „Mel hat recht", sagte er. „Ich will nicht, dass du gefangen genommen oder getötet wirst."

„Du vertraust einer gottverdammten Diebin mehr als einem Mitglied deines eigenen Rudels?" Mick machte ein grimmiges Gesicht und warf das Tuch, das um seinen Hals gelegt war, zu Boden. Seine Wunde hatte sich geschlossen, aber die Haut sah noch dünn und empfindlich aus und war leuchtend rot.

Luke knurrte, das Geräusch kam tief aus seiner Kehle. „Sie ist ..."

„Sie hat recht", beendete Mel, bevor Luke etwas Schlimmes sagen konnte. „Und du bist dumm." Sie stand auf und hatte die Frechheit, Micks hellbraunes Haar zu zerzausen. „Jetzt beweg deinen Arsch oder ich schleife dich zurück."

Sie drehte sich um und ging den Weg zurück, den sie und Luke gekommen waren, sodass die Männer ihr folgen mussten. Nach ungefähr drei Sekunden, in denen sie einen verwirrten Blick tauschten, taten sie das auch.

8

KAPITEL ACHT

Mick nach Hause zu bringen stellte sich als ein kleines logistisches Problem heraus. Schließlich fuhr Mel das ATV, während Luke vorauslief und sie in die Stadt führte. Etwa einen Block von Micks Haus entfernt bedeutete der Teenager Mel, das Fahrzeug anzuhalten. „Ich kann den Rest des Weges alleine gehen."

Sie und Luke tauschten einen Blick, dann ließen sie den Jungen gehen. Er war jetzt mehr oder weniger sicher. Sie rutschte nach hinten auf den Beifahrersitz, damit Luke sie nach Hause fahren konnte. Er kannte den Weg zurück besser als sie.

Aber Luke war noch nicht bereit, nach Hause zu fahren. „Hast du Hunger?", fragte er.

Jetzt, wo er es erwähnte, knurrte ihr Magen. „Ich bin am Verhungern."

„Lass uns einen Happen essen, bevor wir nach Hause fahren.“ Er wartete nicht, dass sie zustimmte. Stattdessen fuhr er die Straße hinunter, bis sie die Hauptstraße von Eagle Creek erreichten. Er fuhr auf den Parkplatz des Eagle Creek Bar & Grille, stellte den Motor ab, glitt vom Sitz und reichte ihr die Hand.

Mel hörte das Lachen einer Frau, das abrupt unterbrochen wurde, als sich die Tür zum Restaurant schloss. Mel und Luke blieben allein auf dem Parkplatz zurück. Sie zögerte. „Es ist in Ordnung, wenn du einfach reingehen und etwas holen willst.“ Seine Rudelkameraden würden dort drin sein, welche, die keine Ahnung von ihrer Existenz hatten. Und sie würden sich fragen, wer sie war und warum sie mit Luke zusammen war. Es würde die Dinge verkomplizieren.

„Warum?“ In ihrer Nähe öffnete sich eine Autotür und Leute stiegen aus. Luke sah hinüber und nickte, der Mann und die Frau waren zwei weitere Mitglieder seines Rudels. Er sah sie an und wartete auf eine Antwort.

„Nun“, der Versuch, es laut auszusprechen, ließ es seltsam klingen. „Die Leute werden uns zusammen sehen.“

Luke hob eine Augenbraue. „Ja, das werden sie.“

Er schien es nicht zu verstehen. „Und du wirst Fragen zu beantworten haben. Darüber, wer ich bin, oder was auch immer." Verstand er das nicht? Oder war es ihm egal?

„Ich bin der Alpha." Er sagte es mit solcher Autorität, dass ihr ein Schauer über den Rücken lief. „Ich beantworte nur die Fragen, die ich beantworten möchte."

Mel beharrte: „Ich möchte die Dinge nicht schwierig machen für dich. Naja, nicht noch schwieriger."

Luke lachte: „Du hast bisher nichts anderes getan, als mir das Leben schwer zu machen." Trotz der Worte wusste sie, dass es keine Kritik war. „Warum jetzt aufhören?"

Sie ballte ihre Faust und boxte ihm leicht auf den Arm. „Blödmann." Sie lächelte, während sie sprach und gab sich geschlagen. Wenn er wollte, dass sie mit ihm hineinging, würde sie das tun.

Das Eagle Creek Bar & Grille hatte sich kaum verändert, seit Mel, Krista und Bob vor ein paar Wochen dort waren und den Diebstahl von Lukes Scharlachrotem Smaragd planten. Der einzige Unterschied war die Kundschaft. Das Restaurant war nur mäßig besucht und fast jeder Gast war ein Gestaltwandler. Manchmal konnten Menschen gefährliche Strömungen um sie herum wahrnehmen, auch wenn sie nichts von der übernatürlichen Welt wussten. Sie konnten der Sache dann aus dem Weg gehen, bevor die Hölle losbrach.

Luke winkte der Bedienung zu, wartete aber nicht darauf, zu einem Platz geführt zu werden. Er führte Mel zu einer Nische in der hinteren Ecke in einem abgetrennten Bereich des Restaurants. Niemand versuchte, ihn davon abzuhalten, dort Platz zu nehmen. Er zog einen Stuhl für sie heraus, sodass sie mit dem Rücken zur Wand sitzen konnte und setzte sich dann neben sie. Sie würden leise sprechen müssen, damit man sie nicht belauschen konnte. Das Gehör von Gestaltwandlern war weit besser als das von Menschen.

Sie mussten nicht einmal bestellen. Drei Minuten nachdem sie sich gesetzt hatten, stellte eine Kellnerin zwei Bier zusammen mit Cheeseburger mit Pommes auf ihren Tisch. „Wir hatten eine Bestellung, die gerade fertig war. Ist das so in Ordnung für dich?"

Mel wäre sauer gewesen, wenn sie länger auf ihr Essen hätte warten müssen, nur weil der Alpha aufgetaucht war. Aber sonst schien das niemanden zu stören. Luke lächelte und dankte ihr und ließ sie wissen, dass sie ihr Bescheid geben würden, wenn sie noch etwas brauchten.

„Es ist gut, der König zu sein", neckte Mel.

Luke nahm einen großen Bissen von seinem Burger und schluckte, bevor er antwortete. „Ich erzwinge nichts von diesem Scheiß. Der alte Alpha war ein Tyrann. Ich tue mein Bestes, um fair zu sein."

„Hast du deshalb übernommen?"

„Wenn jemand fragt, ja." Sein Tonfall lud nicht zu weiteren Fragen ein, obwohl Mel es jetzt unbedingt wissen wollte. Vielleicht hatte Luke eine impulsive Ader, die er nicht unterdrücken konnte.

„Magst du es, der Alpha zu sein?" Bevor sie Luke kennengelernt hatte, hatte sie nie ein längeres Gespräch mit einem Alpha gehabt, und jetzt, da sie ihn für sich hatte, kamen immer mehr Fragen.

„Meistens."

Aber wahrscheinlich nicht, wenn eine psychopathische Hexe versuchte, sein Land zu stehlen und seine Schwester zu töten. Mel dachte, dass unter solchen Umständen niemand ein Alpha sein wollte.

„Es gibt etwas, was ich gerne wüsste." Luke bereitete langsam eine Frage vor.

Es gab hundert Dinge, die er fragen konnte. „Ja?"

„Die Stimmung zwischen dir und deinen Partnern scheint angespannt zu sein."

Es war keine Frage, aber Mel verstand trotzdem. „Ja." Das war ein schmerzliches Thema, etwas, mit dem sie selbst noch nicht abgeschlossen hatte.

„Sie wollten nicht hier sein?"

Natürlich hatte er keine Ahnung, warum die Dinge so waren, wie sie waren. Und so sehr Mel wollte, dass er sie mochte, sie würde ihn nicht denken lassen, dass es sich um etwas Einfaches handelte. „Nein“, antwortete sie, „die Spannungen sind meine Schuld.“

„Oh, wie ...“ Er unterbrach sich. „Du musst es mir nicht sagen.“

„Ich glaube, ich will es dir erzählen.“ Erst als sie das sagte, erkannte sie, wie wahr diese Aussage war.

„Tatsächlich?“ Aufgrund seiner Skepsis vermutete Mel, dass sie den Eindruck machte, Misserfolge lieber für sich zu behalten. Aber heute schien der Tag zu sein, an dem sie bereit war, sich ihm zu öffnen.

„Es wird dir wahrscheinlich nicht gefallen“, warnte sie ihn. Ihr gefiel es nicht und sie war schließlich diejenige gewesen, die es durchlebt hatte.

„Stell mich auf die Probe.“ Luke trank einen Schluck Bier und schien ganz entspannt. Aber zwischen ihnen lag Spannung in der Luft. Er war nervös, ihre Geschichte zu hören, und sie war nervös, sie zu erzählen.

„Ich warne dich nur vor. Ich weiß, dass wir ...“ Wie sollte sie es nur ausdrücken? Sie verstand ihre Beziehung noch immer nicht ganz. „Flirten“, war die Formulierung, für die sie sich schließlich entschied. „Aber du könntest es bereuen, wenn ich dir alles erzählt habe.“

Luke nahm ihre Hand vom Tisch und hob sie an seine Lippen. Für drei Sekunden wurde es im Restaurant völlig still, als die Zuschauer verstanden, was er da gerade getan hatte. Der Kuss war unschuldig und eigentlich nicht der Rede wert, aber es war eine öffentliche Erklärung über ein romantisches Interesse des Alphas. „Das bezweifle ich", sagte er, und es klang wie ein Versprechen.

Mel brauchte einen Moment, um ihre Emotionen unter Kontrolle zu bekommen. Sie sollte ihm gegenüber nicht diese Gefühle haben, heiß und kalt, bereit, aus der Tür zu rennen oder sich in seine Arme zu werfen, die Gefühle änderten sich von Sekunde zu Sekunde. Sie hatte Angst, es Luke zu erzählen; das war etwas, an dem sie festhalten konnte. Diese Angst war das einzig Vertraute in dem Mischmasch ihrer Gefühle.

Sie wusste, wie man mit Angst umgeht. Mel nahm sie an, ließ sie tief in sich hinein sinken und die Angst sorgte dafür, dass sie präsent blieb. Sie nutzte die Angst, um stark zu sein, damit sie Luke von ihrer größten Schande erzählen konnte. „Es war vor zwei Jahren in Cincinnati." Sie sprach leise, denn sie war sich bewusst, dass sie sich in einem Raum voller Menschen mit außergewöhnlich gutem Gehör befanden. Luke war der Einzige, der diese Geschichte hören sollte, nicht sein Rudel. „Wir hatten einen großen Auftrag, fast ein Dutzend Leute kamen zusammen, um einen Fehdehandschuh zu stehlen, der verdammt viel Geld wert ist."

Luke nickte nur. Anders als sonst, wenn sie ihre

Karriere erwähnte, wandte er sich diesmal nicht ab. Sie machten Fortschritte. Wenn der Diebstahl nur der schlimmste Teil dieser Geschichte gewesen wäre.

„Ich habe mich mit einem anderen Dieb namens Chance von Anfang an gut verstanden. Er ist ein Mensch, aber fast so gut wie ich. Allerdings nimmt er normalerweise keine übernatürlichen Jobs an." Sie erwähnte nicht, dass er süß und lustig gewesen war und sie gut behandelte. Der Rest der Geschichte war schon schlimm genug. „Am Ende des Jobs ist etwas schief gelaufen. Chance und ich hatten den Fehdehandschuh und wir waren in unserem Auto, wir waren also in Sicherheit. Und ich habe Krista und Bob im Stich gelassen." Sie erinnerte sich noch an die hellen Lichter der Stadt in dieser Nacht, wie sie im Nebel in einem unheimlichen Rot geglüht hatten.

„Du scheinst nicht der Typ zu sein, der seine Freunde einfach so im Stich lässt." Als sie ihn nicht ansehen wollte, drückte Luke tröstend ihre Hand.

Mel entzog ihm ihre Hand. „Versuche nicht, das Gute in mir zu finden. Ich habe es vermasselt." Und wenn er es jetzt noch nicht glaubte, würde sich das bald ändern: „Erinnerst du dich an die Manschettenknöpfe, die ich dir Mexiko gegeben habe?", fragte sie.

Luke nickte.

Sie waren verzaubert gewesen und interagierten mit einem Ring, den sie trug. Wenn er den

Diamanten in Richtung des grünen Edelsteins drehte, bedeutete das, dass er auf dem Weg nach draußen war, eine Drehung in Richtung des roten Edelsteins bedeutete, dass er Hilfe brauchte. „Im Auto wurde mein Ring heiß, der rote Edelstein glühte. Krista hatte den Zauber aktiviert.“ Mel konnte sich noch an die Panik erinnern, die sie in dieser Nacht verspürt hatte. Sie hatte kaum noch atmen können. „Ich sagte Chance, dass wir umdrehen und sie rausholen müssen. Aber er überzeugte mich davon, dass wir ihnen nicht helfen konnten. Und ich habe mich von ihm überzeugen lassen. Wir hatten die Beute, wir waren in Sicherheit. Wenn wir umkehrten, könnten wir leicht erwischt werden oder die Beute wieder verlieren. Fünf Minuten nachdem sie den Zauber aktiviert hatte, hörte der Stein auf zu glühen.“

„Warst du außer Reichweite?“ Seine Haltung war nicht mehr entspannt und die wenigen Zentimeter Abstand zwischen ihnen fühlten sich an wie eine Meile.

Mel schüttelte den Kopf. „Sie haben keine Reichweite, sie sind nicht wie Mobiltelefone. Es gibt nur zwei Gründe, warum sie plötzlich nicht mehr aktiv sind, entweder, wenn sie deaktiviert werden oder wenn der Träger stirbt. Als das geschah, wusste ich, dass es zu spät war. Wenn ich ein Signal gesendet hätte oder wenn wir umgedreht hätten, hätte ich vielleicht verhindern können, was ihnen passiert ist.“

„Aber sie sind nicht tot."

„Das wusste ich sechs Monate lang nicht." Sie übersprang, was während des weiteren Verlaufs der Nacht passierte, es war nicht wichtig: „Am nächsten Morgen war Chance weg und der Fehdehandschuh auch. Alle außer mir, Krista, Bob und Chance wurden entweder gefangen genommen oder starben bei diesem Job. Ich weiß nicht, ob er das alles arrangiert hat oder ob er einfach nur Glück hatte. Aber er hat das ganze Geld bekommen und ich habe ihn seitdem nicht mehr gesehen. Ich glaube, er arbeitet jetzt von Miami aus."

Sie griff nach ihrem Bier und nahm einen großen Schluck. Obwohl es sich anfühlte, als hätte sie stundenlang erzählt, war die Flasche immer noch kalt. Sie konnte Luke nicht einmal ansehen. Sie hatte noch nie jemandem erzählt, was sie getan hatte, und jetzt wusste sie nicht, wie er sie jemals wieder nicht als Verräterin sehen sollte. Als wertlos.

„Also hast du nicht versucht, herauszufinden, ob sie noch am Leben waren, als du in Sicherheit warst?", fragte er. Sein Ton war leer, sie konnte nicht sagen, ob er wütend oder angewidert war.

„Ich konnte nicht nach Cincinnati zurückkehren. Wenn man zum Tatort zurückkehrt, wird man erwischt." Und doch saß sie hier mit dem Mann, den sie bestohlen hatte, in demselben Restaurant, in dem sie den Raub geplant hatte.

„Du bist zurückgekommen, um Cassie zu helfen", sagte er leise.

„Ich bin zurückgekommen, um meinen magischen Stein zu holen." Warum sah er nicht, wie schlimm das alles war? Warum versuchte er, sie von ihrer Schuld zu entlasten?

„Aber du bist zurückgekommen und hast uns von dem Fluch erzählt." Luke griff wieder nach ihrer Hand und wartete, bis sie ihn ansah: „Mel, wir haben alle schlimme Dinge getan. Aber ich glaube nicht eine Sekunde lang, dass du das noch einmal tun würdest."

Das war zu intim, in diesem Raum voller Menschen, es war fast, als ob sie alleine wären. Mel spürte, wie ihr Tränen in die Augen traten, aber sie tat ihr Bestes, sie zurückzuhalten.

„Danke für dein Vertrauen", sie klammerte sich an ihren Sarkasmus, er war das Einzige, was einen sehr peinlichen Gefühlsausbruch verhinderte. „Wenn Krista es nur auch so sehen könnte." Bob hatte ihr so weit verziehen, wie er bereit war. Sie würden nie wieder Freunde sein, aber er war bereit, wieder mit ihr arbeiten.

„Hast du dich bei ihr entschuldigt?"

„Wie soll das gehen? Es tut mir leid, dass mir ein Arschloch wichtiger war als du? Es tut mir leid, dass ich dich zum Sterben zurückließ? Das ist zu wenig, und zu spät." Sie wollte Luke jetzt warnen, ihm sagen, dass sie ihn eines Tages verraten würde, dass sie einfach so war, aber sie konnte die Worte nicht herausbringen. Das war seine Warnung. Wenn er sie danach immer noch wollte, war er verrückt.

Aber Luke ging nicht auf Abstand und er ließ auch ihre Hand nicht los. „Ich vertraue dir, Mel." Er sagte es vollkommen aufrichtig, als Ankündigung eines anderen Geständnisses, vor dem sie sich fürchtete. „Ob wir Gefährten sind oder nicht, egal wie das alles ausgeht, ich vertraue dir. Und ich weiß, dass du uns nicht verraten wirst."

Mel wusste nicht, ob man ihr vertrauen konnte, aber sein Glaube an sie ließ sie hoffen, dass er sich nicht irrte. Er verdiente etwas viel Besseres als sie, und sie verstand nicht, warum er das nicht erkennen konnte.

„Oh verdammt, wenn du mir weiterhin vertraust, werde ich dich wahrscheinlich einfach komplett ausrauben." Sie meinte es als Warnung, aber sie musste lächeln.

Sie wussten beide, dass sie log.

Luke legte seinen Arm um sie und zog sie an sich. „Alles was du willst ..." Er führte das Angebot nicht weiter aus, aber sie verstand.

Sie brauchte ihm nur die Hand zu reichen und er würde ihr gehören. Aber Mel war sich noch nicht sicher, ob sie sich selbst genug vertrauen konnte, ihn zu nehmen.

Sie wandten sich von den schwierigen Themen ab und beendeten ihre Mahlzeit. Luke fuhr das ATV zurück zu seinem Haus, während Mel hinter ihm saß und sich an ihm festhielt. Aber diesmal hielt sie ein wenig Abstand. Er konnte spüren, ihre Umarmung war steif und sie schwieg, während sie auf dem holprigen Pfad durch den Wald fuhren.

Es war eine verdammt große Sache gewesen, die sie ihm da erzählt hatte. Das hätte genug sein sollen, um die Sache zwischen ihnen zu beenden. Er wusste, dass sie ihm keinen Vorwurf machen würde, wenn er es beendet hätte. Aber er steckte zu tief drin und immer sank tiefer hinein. Er wollte sie nicht verlassen.

Mel dachte, ihre Geschichte bewies, dass sie kein Vertrauen verdiente, stattdessen sah er nur, wie sehr sie gewachsen war.

Sie hatte sein Rudel in der Zeit der Not nicht verlassen obwohl er ihr das, weshalb sie gekommen war, gegeben hatte. Er konnte nicht behaupten, sie wirklich gut zu kennen, aber er verstand, dass sie sich verändert hatte. Sie würde die Ihren kein zweites Mal im Stich lassen, und im Moment zählte sie ihn zu den Ihren.

Jetzt musste er nur noch einen Weg finden, wie er sie zum Bleiben bewegen konnte.

Ihr Plan, in sein Zimmer zu gehen, wurde in dem Moment unterbrochen, als sie die Garage betraten. Luke biss die Zähne zusammen und wünschte, er wäre mit Mel woanders hingegangen, wo sie sich für eine Nacht der Verantwortung hätten entziehen können. Zur Hölle, vielleicht auch nur für ein paar Stunden.

Aber Maya wartete darauf, mit ihm zu sprechen, und er konnte sie nicht ignorieren.

Er zog Mel an sich, bevor sie weggehen konnte. „Komm heute Nacht zu mir“, es war halb Befehl, halb Frage. Sie strich schnell mit ihren Lippen über seine, bevor sie zurücktrat und allein ins Haus ging. Er interpretierte das als ein Ja.

Er und Maya folgten Mel ins Haus, sprachen aber erst, als sie im War Room angekommen waren. „Also passiert das tatsächlich?“, fragte Maya.

„Wie bitte?“ Er mochte ihren Ton nicht. Er wusste, was er tat und er hatte auch nicht versucht, seine Beziehung zu Mel geheim zu halten.

„Ich glaube, ich habe mir das Recht verdient, Fragen zu stellen.“ Sie sprachen leise. Der War Room war nicht ausreichend schallisoliert, jedenfalls nicht wenn man das Gehör der Gestaltwandler berücksichtigte.

„Nicht zu diesem Thema.“

„Glaubst du, ich bin die Einzige, die ein Problem damit haben wird, wenn herauskommt, wer sie ist und was sie beruflich macht?" Maya lehnte sich an die Wand und verschränkte die Arme.

„Du kannst der Hexe also den ganzen Tag schöne Augen machen, aber ich darf keine Gefühle für jemanden außerhalb des Rudels entwickeln?" Er hatte nicht vorgehabt, Krista anzusprechen, aber das war eine Heuchelei höchsten Grades von Maya.

„Meine *Gefühle*", spottete sie, „haben nichts damit zu tun. Es sind meine Taten – und deine Taten – die zählen. Es gibt sieben Milliarden Menschen auf dieser Welt. Ich bin sicher, die meisten wären besser als eine Frau, die das wichtigste Artefakt des Rudels gestohlen hat und es in die Hände einer mörderischen Hexe fallen ließ." In ihren Worten lag kalte Wut.

„Acht Jahre, Maya. Nenne mir eine Situation in acht Jahren, wo ich mich selbst über dieses Rudel gestellt habe." Er hätte mit niemand anderem diskutiert, aber Maya hatte sich ihren Platz als seine Nummer zwei verdient und er konnte sie nicht so einfach zum Schweigen bringen. Wenn er sich ihre Unterstützung nicht verdient hatte, wusste er nicht, was er tun sollte.

„Ich zweifle nicht an deinem Engagement und deiner Hingabe. Aber in diesem Fall zweifle ich an deiner Vernunft."

Sein Löwe wurde unruhig unter seiner Haut und

sehnte sich danach, zu brüllen. „Wenn du mich herausfordern möchtest, jederzeit gerne."

Sie verdrehte die Augen. „Ich werde dich nicht herausfordern. Für kein Geld der Welt wollte ich ein Alpha sein." Ihr Handy piepte und sie zog es aus ihrer Gesäßtasche. Nach einem Moment schob sie es zurück. „Eigentlich wollte ich mit dir über etwas anderes reden."

„Oh?" Er war jetzt eigentlich bereit gewesen für einen Streit.

„Habt ihr etwas gefunden?", fragte sie.

Luke nahm sich einen Moment und holte tief Luft. Er konnte professionell sein. „Keine Quelle. Aber da war ein Vampir, wahrscheinlich ein Späher. Er hat Mick angegriffen. Mel und ich waren dort, bevor er größeren Schaden anrichten konnte."

Mayas braunes Gesicht wurde ein bisschen blasser, aber ihr Gesichtsausdruck blieb neutral. „Was hat Mick da draußen gemacht?"

Eine Frage, auf die Luke gerne selbst eine Antwort wollte. „Als ob ich das wüsste. Mel sagt, er sei vorher schon draußen herumgeschlichen."

Maya verschränkte die Arme. „Wunderbar."

„Hat er etwas Komisches angestellt?", fragte Luke. Maya überwachte das Rudel und fungierte als seine Augen und Ohren. Wenn er etwas nicht mitbekam, würde es ihr nicht entgehen.

„Nur der übliche Teenager-Bullshit."

„Und sind die anderen schon zurück?“ Er wusste nicht, was Mick vorhatte, aber darüber konnte er sich jetzt keine Gedanken machen. Er würde sich um den Jungen kümmern, wenn sie Ava und ihre mörderischen Hexen und Vampirkomplizen besiegt hatten.

„Ja. Sinclair hat angerufen, um zu sagen, dass sie absolut nichts gefunden haben.“

„Gar nichts?“

Sie nickte. „Kein Blatt fehl am Platz.“

Luke und Mel hatten nicht genug Zeit gehabt, ihr Gebiet vollständig zu durchsuchen, und es würde ihn nicht überraschen zu erfahren, dass es bei Jonas und Sinclair genauso war. „Wir suchen morgen weiter“, beschloss er.

„Ich werde es ihnen sagen.“

Sie drehte sich um und durchquerte den Raum, blieb nur stehen, um die Tür zu öffnen.

„Was ist mit Cassie?“, fragte Luke. „Hast du nach ihr geschaut?“

Maya sah über ihre Schulter zurück. „Das letzte Mal, als ich nachgesehen habe, ging es ihr gut. Keine Änderung zum Schlechteren.“ Sie ging und schloss die Tür hinter sich.

Luke ging kurz darauf und nahm sich einen Moment Zeit, um den Kopf in Cassies Zimmer zu stecken. Weder Krista noch Bob waren bei ihr. Stattdessen saß ein anderer Löwe, Kyle, an ihrem Bett und las ein Buch, während sie schlief. Er wollte aufstehen, als er Luke hörte, aber Luke hob eine Hand und ließ ihn wissen, dass er sitzen bleiben sollte. Es war spät und er wollte seine Schwester, wenn sie endlich zur Ruhe gekommen war, nicht wecken.

Er ging zu seinem Zimmer und die Aufregungen des Tages holten ihn wieder ein. Als er die Tür zu seinem Zimmer öffnete, fühlte es sich an, als würde ein Gewicht von tausend Pfund seine Schultern zerquetschen. Es wurde ein bisschen leichter, als er Mel in seinem Bett schlafen sah, ihr Haar über seinem Kissen ausgebreitet. In der Dunkelheit war sie eher ein Umriss als eine Person, aber es fühlte sich so richtig an, dass er sich vorwärts zwingen musste, anstatt in der Tür stehenzubleiben und sie nur anzustarren.

Das wäre gruselig.

Er durchquerte den Raum im Dunkeln, seine Schritte vorsichtig und fast geräuschlos. Er wollte sie nicht wecken. Luke zog sein Shirt und seine Jeans aus, alles, bis auf seine Unterwäsche. Vorsichtig hob er die Bettdecke hoch und stieg ins Bett.

Mel rollte sich zu ihm, und kuschelte sich an seine Wärme. Luke legte einen Arm um sie und schloss die Augen. Er konnte sich nicht erinnern, jemals schneller oder gemütlicher eingeschlafen zu sein.

9

KAPITEL NEUN

WIE DER ARM um sie lag, war fast erschreckend eng. Aber Lukes Geruch war ebenfalls um sie herum, und als Mel aufwachte, erinnerte sie sich daran, dass sie in Lukes Bett eingeschlafen war. Unter den Vorhängen drang kein Licht herein, und die Uhr auf seinem Nachttisch sagte ihr, dass es vor sechs Uhr morgens war.

Nach ihrer Rechnung waren das fast sechs Stunden ununterbrochener Schlaf. Kein Wunder, dass sie sich ausgeruht fühlte. Der Alpha in ihrer Nähe tat ihr gut, und sei es nur, um die Albträume in Schach zu halten.

Sie wollte ihn nicht wecken. Lukes Gesicht war etwas weniger angespannt als in den letzten Tagen und er sah fünf Jahre jünger aus. Es bedurfte einiger vorsichtiger Bewegungen, aber Mel löste sich aus seinem Griff und glitt aus dem Bett. Sie trug Shorts und ein Shirt. Letzte Nacht war sie verwundbar gewesen, nicht bereit für körperliche Intimität. Und sie war froh darüber, dass Luke diese stille Bitte respektiert hatte.

Mel fühlte sich im Haus eingeengt. Sie musste nachdenken, sie musste den Horizont sehen. Und zu ihrem Glück hatte Lukes Zimmer einen Balkon. Sie ging leise hinaus und blieb einige Augenblicke am Geländer stehen. Aber das war immer noch nicht genug.

Sie drehte sich um und warf einen Blick auf das Dach. Er war nicht zu hoch, und nicht zu steil. Mel ging in die Hocke und sprang hoch, packte die Rinne und schwang sich auf die schwarzen Schindeln.

Mel kletterte bis zum Dachfirst und ging dann darauf entlang, mit einem Fuß auf jeder Seite der Neigung. Der Himmel war dunkel, aber es war klar und sie konnte meilenweit sehen. Die Straßenlaternen in Eagle Creek leuchteten schwach, und als die Sonne hinter ihnen aufging, sah sie in der Ferne die Umrisse der Berge.

Es war wunderschön.

Aber all diese Schönheit trug nichts dazu bei, den Tumult ihrer Gedanken zu beruhigen. Sie hatte nie vorgehabt, Luke von Chance oder den Ereignissen in Cincinnati zu erzählen. Die Scham hatte sie zum Schweigen verurteilt. Er wusste, dass sie eine Diebin war, und das störte sie nicht. Das war einfach eine Tatsache. Aber ihm von ihrem Verrat zu erzählen? Das fühlte sich nicht richtig an, obwohl es auch eine Tatsache war.

Wenn sie ehrlich war, obwohl sie im Allgemeinen vermied, ehrlich zu sein, wusste Mel, warum sie Luke alles erzählt hatte – warum sie Luke alles erzählen musste.

Sie konnte nicht mit ihm zusammen sein, wenn er es nicht wusste. Und sie begann zu denken, dass es nichts gab, was wichtiger war, als mit ihm zusammen zu sein. Sie stellte sich ihr Leben nach Ava vor, und in dieser Vorstellung hatte Luke einen Platz. Er war an ihrer Seite, lebte mit ihr und liebte sie.

Er war auch in und hinter und über und unter ihr, aber ihre Beziehung bestand aus mehr als Lust. Obwohl sie den Teil mit der Lust kaum erwarten konnte.

Mel hörte eine andere Person auf dem Dach und erstarrte. Sie machte sich klein, rollte sich über den Grat des Dachfirsts und presste sich so flach wie möglich an die Dachschräge. Aber sie nahm Kristas Geruch wahr und entspannte sich. Mel kletterte zurück zum Dachfirst und wartete darauf, dass Krista zu ihr kam.

„Ich habe gespürt, dass etwas meinen Zauber gestört hat“, sagte Krista anstelle einer Begrüßung.

„Ich habe nichts gemerkt.“ Mels Sensibilität für

Magie war für eine Gestaltwandlerin sehr ausgeprägt und sie wusste, wie Kristas Zauber sich anfühlten.

„Das ist der Sinn eines Verteidigungszaubers." Krista kauerte am Rand der östlichen Hälfte des Daches, ihre Hand umklammerte den First. Sie musste Schutzzauber um das Haus gelegt haben, um sie vor unerwünschter Gesellschaft zu warnen.

„Es ist ein bisschen früh für dich." Krista war normalerweise nicht vor Sonnenaufgang wach, es sei denn, ihr Haus brannte.

„Das gleiche könnte ich auch zu dir sagen."

„Ich wollte nachdenken", sagte sie, aber ihre Gedanken waren noch immer ein einziges Durcheinander. Selbst die Ruhe des friedlichen Morgens half nicht.

„Du hast letzte Nacht nicht in unserem Zimmer verbracht." Es war keine Anschuldigung, aber Mel war sich nicht sicher, wie sie antworten sollte.

„Kümmert es dich?" Es kam schärfer heraus als beabsichtigt.

„Nicht wirklich." Aber Krista blieb. Es war, als könnte sie sich nicht entscheiden, ob sie bleiben oder gehen wollte, also blieb sie, halb auf dem Dach sitzend.

„Ich habe an Cincinnati gedacht", gab Mel zu.

Krista winkte mit ihrer freien Hand ab, „Ich will nichts davon hören."

Jetzt, wo Mel es gesagt hatte, wollte sie es

loswerden. „Nur ein letztes Mal, und dann rede ich nie wieder darüber." Und sie meinte es ernst.

Krista atmete aus, „Was auch immer." Aber anstatt Mel allein auf dem Dach zu lassen, bleib sie auf dem First sitzen, den Blick nach Osten und in Richtung des schnell heller werdenden Horizonts gerichtet.

Mel hatte nicht geplant, noch einmal mit Krista darüber zu sprechen. Das letzte Mal war das Gespräch so katastrophal verlaufen, dass sie es bewusst vermieden hatte, noch einmal daran zu denken. Bis sie Luke die ganze Geschichte erzählt hatte, hatte ein Teil von ihr geglaubt, dass Krista irgendwann einfach darüber hinwegkommen würde. Aber laut auszusprechen, was sie getan hatte, und sich tatsächlich an diese Nacht zu erinnern, brachte es wieder in den Vordergrund und machte ihr bewusst, wie falsch sie gelegen hatte.

„Es tut mir leid, dass ich nicht da war, als du mich gebraucht hast", und als Mel anfing, kamen die Worte einfach heraus. „Und es tut mir leid, dass ich danach abgehauen bin. Das war falsch. Völlig, vollkommen falsch, und ich hätte Chance rausschmeißen und sofort zu dir kommen sollen. Abgesehen davon hätte ich …"

„Mir ist egal, was du hättest tun sollen." Krista unterbrach sie. „Für mich zählt, was du getan hast."

Das brachte Mel kurz aus dem Konzept, aber sie

nickte. „Du hast recht. Und wenn wir diese Scheiße hier überleben, hoffe ich, dass du mir eines Tages verzeihen kannst." Sie bezweifelte, dass das jemals passieren würde. Sie wusste nicht, ob sie Krista verzeihen könnte, wenn es umgekehrt gewesen wäre.

„Und wenn ich das nicht kann?"

Mel zuckte mit den Schultern. „Ich nehme an, dann ist das so."

Krista holte tief Luft. „Ich bin nicht sauer, weil du an diesem Abend nicht zurückgekommen bist."

„Was?" Mel hatte sie zum Sterben zurückgelassen und Krista nahm es ihr nicht übel? Das ergab keinen Sinn.

„Ich habe den Zauber deaktiviert. Bob hatte einen Fluchtweg für uns gefunden und ich wusste, dass du es nicht rechtzeitig schaffen würdest." Sie hatte Mel nicht angesehen, aber jetzt drehte sie sich zu ihr um. „Als du eine Woche später nicht zum Rendezvous kamst, dachte ich, es wäre etwas passiert."

Zu der Zeit war Mel davon überzeugt, dass Krista und Bob tot waren und sie konnte es nicht ertragen, zum Treffpunkt zu gehen und es bestätigt zu sehen. Stattdessen hatte sie einen Job in Polen angenommen und war monatelang außer Landes geblieben.

„Ich dachte du wärst tot!" In Kristas Augen loderte ein inneres Feuer. „Und als ich herausfand, dass du es nicht warst, wollte ich dich töten."

„Ich ..." Mel unterbrach sich, bevor sie sich

wieder entschuldigte. Sie wusste, dass Krista das nicht hören wollte.

„Du hast dich verhalten wie meine Mutter." Krista sagte das ruhig, ohne Vorwurf, aber für Mel fühlte es sich trotzdem an, als hätte sie mit einem Messer zugestochen.

„Was kann ich sagen? Sie hat mir alles beigebracht, was ich weiß." Alles, was Ava ihr nicht beigebracht hatte.

„Wenn du jemals wieder so etwas tust, bist du für mich tot."

Es war keine Vergebung, aber es war ein größerer Schritt, als Mel erwartet hatte. Sie gab Krista keine Antwort. Krista würde keine Antwort wollen. Aber sie saßen lange schweigend auf dem Dach und beobachteten den Sonnenaufgang. Als sich das Tageslicht um sie herum ausbreitete, krabbelte Krista wieder vom Dach hinunter. Mel folgte kurz darauf.

Es war an der Zeit, sich dem Alpha zu stellen.

Luke versuchte, nicht enttäuscht zu sein, dass Mel nicht bei ihm war, als er aufwachte. Ihr Duft umhüllte ihn noch immer, eine warme Berührung, die bis in sein Herz reichte, und die Laken waren noch warm. Sie war noch nicht lange weg.

Er hörte nichts im Badezimmer, also dachte er, sie

sei nach unten gegangen, um zu frühstücken. Oder vielleicht hatten Diebe eine Art Ritual, das sie vor ihm nicht durchführen konnte.

Da sie nicht da war, um den Morgen mit ihm einzuläuten, sah er keinen Grund, im Bett zu bleiben. Er warf die Decke zu Seite und ging quer durch den Raum in sein Badezimmer, wo er die Dusche anstellte. Er zog seine Unterwäsche aus und trat unter den heißen Strahl. Luke zischte leicht, während er sich an die Wassertemperatur gewöhnte. Für ein paar Sekunden war es fast schmerzhaft, bis das Wasser seine Haut weich machte und er spürte, wie sich seine Muskeln entspannten.

Über das Geräusch des Wassers hinweg hörte er, wie sich die Tür öffnete und jemand herein kam. Er drehte sich um. Die Dusche hatte keinen Vorhang, sondern eine Glastür, und er sah Mel eintreten. Sie musterte ihn kurz, ihr Blick glitt schnell nach unten, bevor sie ihm wieder ins Gesicht sah.

Luke lächelte und trat ein wenig aus der Reichweite des Wasserstrahls heraus, damit ihm kein Wasser in die Augen lief. „Guten Morgen."

Mel lächelte zurück. „Gleichfalls."

Sie blieb, wo sie war, und Luke fühlte sich ein wenig wie ein Ausstellungsstück. „Wenn du mich weiter anstarrst, muss ich Eintritt verlangen."

„Was? Du magst es nicht, dass die Mädchen dich anschauen, wenn du ganz nass und so schön bist?"

„Nur du darfst das.“ Es gab keine anderen Frauen, er wollte keine außer Mel. „Willst du mir Gesellschaft zu leisten?“

Sie hakte ihre Daumen in den Bund ihrer Shorts ein und zog sie zusammen mit ihrer Unterwäsche nach unten. Dann kam ihr Shirt dran und sie stand nackt vor ihm, ihre Haut golden im Licht des Badezimmers. Sie durchquerte das Badezimmer mit wogenden Hüften.

Es war eine Show für ihn, und Luke war sofort hart.

Sie öffnete die Tür zur Dusche und trat vorsichtig ein, wobei sie ein klein wenig zusammenzuckte, als das Wasser sie traf. „Machst du es immer so heiß, dass man davon Verbrennungen dritten Grades bekommt?“ Sie trat näher und legte ihre Hand auf seine Brust.

Das war nicht genug. Seit sie sich kennengerlernt hatten, hatte Luke sich vorgestellt, was er tun würde, wenn er sie hätte. Die zwei Zentimeter zwischen ihnen waren immer noch zu viel Abstand. Er beugte sich hinunter und ließ Küsse über ihren Hals und über ihr Schlüsselbein gleiten. „Ich finde, es fühlt sich gut an.“

„Mmmm“, sie stieß ein kleines Stöhnen aus. „Da könnte was dran sein.“

Das Geräusch, das sie machte, schickte einen Speer der Freude direkt in sein Herz. Er fuhr mit seinen Fingern durch ihr Haar und hob ihr Gesicht nach oben, um ihre Lippen in einem brennenden Kuss zu nehmen. Das Wasser, das über sie strömte, hätte genauso gut auch nicht existieren können. Er war zu sehr auf sie konzentriert, um irgendetwas anderes zu bemerken.

Sein Schwanz war ein hartnäckiges Monster, das sich gegen sie drückte.

Ihre Finger spielten auf seiner Brust, strichen über seine Bauchmuskeln und zeichneten ihre Umrisse nach. Luke konnte sie nur noch leidenschaftlicher küssen, sie mit seiner Zunge als die Seine markieren. Er konnte ihr gegenüber die Worte nicht aussprechen, noch nicht. Aber er legte alles, was er wollte, in diesen Kuss.

Und Mel reagierte. Sie war genauso hungrig wie er und genauso verzweifelt.

Als ihre Finger weiter nach unten glitten und über die Spitze seiner Erektion strichen, stöhnte er. Sie nahm ihn in die Hand, packte seinen Schaft und streichelte ihn.

Es war zu viel für Luke, er zog sich zurück und unterbrach ihren Kuss. „Mach so weiter und ich gebe dir alles, was du willst", keuchte er.

Mel lächelte, ihre Augen leuchteten wie Sterne. „Ich gebe dir eine Liste."

Lukes Hand glitt aus ihrem Haar und strich über ihre Brust. Selbst unter dem heißen Wasserstrahl waren ihre Nippel hart. Lukes Lippen folgten seinen Händen, zogen eine Spur von Küssen über ihren Nacken hinunter, bis er seine Lippen um eine ihrer Brustwarzen schloss.

Ihre Hände waren jetzt an seinen Seiten und umklammerten ihn fest.

In diesem Moment fühlte sich Luke ihr näher als je zuvor einem anderen Menschen. Es gab keine Außenwelt, keine Vergangenheit, keine Zukunft, es waren nur sie beide, gefangen in der Lust. Er wollte nichts anderes, niemand anderen. Wenn er einen Moment auswählen und ihn für alle Zeit einfrieren könnte, wäre es dieser, mit Mel, die sich vor Lust wand, während er sie schmeckte.

Aber er war nicht damit zufrieden, nur ihre Brust zu necken. Seine Finger wanderten tiefer, strichen über ihr Geschlecht und fanden, dass sie nass war. Für ihn.

„Fick mich, Luke", bettelte sie.

Luke ließ sich das nicht zweimal sagen. „Schlinge deine Beine um mich", befahl er. Sie tat es und hielt sich an ihm fest, während er sie gegen die Wand drückte.

Luke führte sich zu ihrem Eingang, glitt hinein und beobachtete, wie sie sich auf die Lippe biss, während er sie ausfüllte. Er behielt sie die ganze Zeit im Auge und hielt Ausschau nach jedem kleinesten Anzeichen von Unbehagen, jedem Zeichen, dass sie nicht das gleiche wollte wie er. Aber Mels Gesicht war voller Lust, und Luke war im Himmel.

Mel beugte sich vor und küsste ihn. Es war perfekt. Er bewegte sich in ihr, bewegte sich mit ihr, ihre Atemzüge synchron. Es würde keine andere für ihn geben. Bevor er Mel begegnet war, hätte ihm das vielleicht Angst eingejagt, aber das Gefühl ihres Körpers an seinem war alles, was er wollte.

Er war ihr Gefährte, ihr Geliebter und der Mann, der wie wahnsinnig in sie verliebt war. Er wollte es nicht sagen, er wollte sie nicht mit der Intensität seiner Gefühle verschrecken, aber als er sich in ihr bewegte, kamen die Worte heraus. „Ich liebe dich“, hauchte er gegen ihre Lippen.

Mel zog sich nicht zurück. Vielleicht hatte sie es nicht gehört, oder vielleicht fühlte sie dasselbe, konnte es aber noch nicht sagen. Sie keuchte und zitterte, als sie kam.

Luke konnte fühlen, wie sich der Orgasmus aufbaute. Er stieß in sie hinein, vor und zurück, sein Herz raste in seiner Brust, bis er sich in der letzten Sekunde ganz herauszog und seinen Samen außerhalb verschüttete.

Mel legte ihren Kopf an seine Schulter, „Lass uns das nächste Mal an ein Kondom denken.“ Sie stand auf wackeligen Beinen, ließ ihn aber nicht los.

Luke lächelte. „Das war eine verdammt gute Art wach zu werden.“

„Gewöhn dich nicht daran", warnte Mel. „Ich bin kein Morgenmensch."

Sein Lächeln wurde noch breiter. Es war keine Liebeserklärung, aber es war etwas. „Wir haben immer noch nicht das Bett ausprobiert." Aber sie hatten an diesem Morgen keine Zeit.

Sie wuschen sich zusammen unter der Dusche, Luke half Mel beim Haarewaschen, Mel seifte ihn ein. Und erst als das Wasser kalt wurde, kamen sie aus der Dusche heraus. Mel war wieder unterwegs, um im Wald zu patrouillieren, und Luke musste in die Stadt, um die bevorstehende Schlacht vorzubereiten.

Wäre er ein anderer Mann gewesen, hätte er gerne den ganzen Tag im Bett gelegen und mit Mel geschlafen. Aber er war ein Alpha, und beide hatten ihre Pflichten.

10

KAPITEL ZEHN

DIESER AUSFLUG in den Wald war nicht annähernd so angenehm wie der letzte. Und Mel hatte bei dieser Einschätzung bereits den Angriff des Vampirs berücksichtigt. Maya hatte die großartige Idee gehabt, vier Meilen weit in den Wald zu wandern, anstatt eines der ATVs zu nehmen.

Das Schweigen zwischen ihnen war fast ein Segen.

Nach dem kleinen Intermezzo unter der Dusche war Mel zurück in ihr Zimmer gegangen, um sich umzuziehen. Als sie zum Frühstück herunterkam, wartete Maya bereits mit frustrierter Miene auf sie.

Mel hatte nicht gewusst, dass sie gewartet hatte, aber das hielt Maya kaum davon ab, es ihr übel zu nehmen. Aber Mel war es schon sehr lange nicht mehr wichtig, anderen zu gefallen und sie würde

Maya nicht erlauben, sie wie einen Fußabtreter zu behandeln. Also ließ sie sich Zeit, ihren Bagel zu essen und bestand dann darauf, ihre Schuhe zu wechseln.

Das verlängerte Mayas Wartezeit um zehn Minuten und erfüllte Mel mit kindlicher Freude.

Aber Maya versuchte, es Mel heimzuzahlen, indem sie sie durch das dichteste Gebüsch führte und gerade weit genug vor ihr ging, um die Äste in Mels Gesicht zurück schwingen zu lassen.

Nachdem sie dreißig Minuten mehr oder weniger durch den Wald gerannt war, hatte Mel genug. „Was ist dein Problem?“ Sie wusste, dass sie frustriert klang.

Maya blieb stehen, ihr knallrotes Haar war das einzige, wie Mel sie im Blick hatte behalten können. „Ich weiß nicht, wovon du redest.“

Mel schob einen besonders dicken Ast beiseite, um sich auf gleicher Höhe mit der Löwin zu positionieren. „Ich dachte, wie seien jetzt Verbündete oder was auch immer.“ Sie war sich nicht sicher, was sie waren oder was sie sein würden, wenn das alles vorbei war.

„Verbündete bestehlen uns nicht.“

Mel warf die Hände hoch. „Das war nichts Persönliches.“

Maya machte einen drohenden Schritt auf Mel zu. „Glaubst du, dann ist es in Ordnung? Wenn du nicht gewesen wärst, wären wir jetzt nicht am Rande eines Krieges." Sie deutete mit einem Finger auf Mels Brust, berührte sie aber nicht, sondern hielt ihn ein paar Zentimeter von ihr entfernt.

„Nein", Mel trat auf sie zu, bis ihre Brust gegen Mels Hand stieß. „Wenn ich nicht gewesen wäre, wärt ihr jetzt schon tot. Ich bin der einzige Grund, dass ihr überhaupt mitbekommen habt, was auf euch zukommt."

„Oh, jetzt bist du also die Heldin, wie wunderbar." Sie drückte ihren Finger fest in Mels Brust, bevor sie ihn zurückzog, aber sie trat keinen Schritt zurück. Wenn Maya Luke gewesen wäre, wären sie sich nahe genug gewesen, um sich zu küssen. Aber Aggression das Einzige, was zwischen ihnen in der Luft lag.

„Ist das Eifersucht?", fragte Mel. „Wolltest du an meiner Stelle sein?" Sie wollte das eigentlich nicht sagen, aber irgendetwas an Maya störte sie.

Aber Maya überraschte sie, indem sie den Kopf in den Nacken legte und lachte. „Oh, mein dummes, dummes Mädchen. Ich musste mich noch nie nach oben fi ..."

Mel ließ sie nicht ausreden. Ihre Faust flog los, bevor sie sich überhaupt bewusst zum Kampf entschlossen hatte, aber sie überraschte Maya, traf sie seitlich am Schädel und zwang sie, sich zur Seite zu beugen und einen Schritt zurückzuweichen. Maya spuckte eine Mischung aus Blut und Speichel aus, richtete sich auf und wischte sich mit dem Daumen über den Mund. „Oh, es ist soweit."

Sie stürzte sich so schnell auf Mel, dass Mel sich auf ihrem Arsch wiederfand, bevor sie merkte, dass sie angegriffen wurde. Aber das dauerte nicht lange. Mel war normalerweise keine Kämpferin, aber sie konnte sich behaupten, wenn es um Leben oder Tod ging. Und obwohl sie und Maya für das gleiche Rudel und gegen Ava und ihren Zirkel kämpften, glaubte Mel keine Sekunde lang, dass sie auch nur annähernd Freunde sein würden, wenn das alles vorbei war.

Dies war ein Kampf des reinen Instinkts und der aufgestauten Wut. Das alles durchströmte Mel und sie ließ es fließen, hämmerte mit ihren Fäusten gegen Maya, rollte durch den Dreck und spürte nicht den Schmerz der Schläge, die sie trafen.

Sie wälzten sich im Dreck, keine war der anderen überlegen. Als Mel auf dem Rücken landete, zog sie ihre Beine an sich und trat zu, wobei sie Maya mehrere Meter zurückschleuderte, so dass sie gegen den Stamm einer Eiche knallte.

Mel stieß einen Schrei aus und stürmte auf sie zu, aber Maya war darauf vorbereitet und fegte Mel die Beine weg. Sie landete oben und setzte sich auf Mels Taille. Mayas rotes Haar war ein wirres Durcheinander um ihr Gesicht herum, was sie eher dämonisch als menschlich aussehen ließ. Mel griff nach oben und grub ihre Hände tief in Mayas Haare, zog so fest sie konnte, was Maya aufschreien ließ.

Keine der beiden benutze ihre Krallen. So wütend sie beide auch waren, so verzweifelt sie das ausfechten wollten, keine war bereit, die Sache so weit eskalieren zu lassen. Sobald ihre Krallen einsetzten, würde nur eine von ihnen wieder nach Hause gehen.

Außerdem würde eine vollständige Verwandlung viel zu lange dauern und wer es zuerst versuchen würde, wäre während der Verwandlung einem Angriff hilflos ausgesetzt.

Mel kämpfte sich unter Maya hervor und trat sie erneut. Maya musste über einen Ast gestolpert sein, denn sie stürzte nach hinten und dann in eine Senke hinter den Bäumen.

Der Kampf war vorbei.

Keiner von ihnen hatte gewonnen.

Mel blieb, wo sie war und wartete darauf, dass Maya wieder hochkletterte. Als mehrere Minuten verstrichen, ohne dass Maya auftauchte, machte sie sich Sorgen. Sie konnte hören, wie Maya sich bewegte, also war sie nicht tot. Aber vielleicht steckte sie fest? Natürlich wusste Mel, dass Maya lieber tot umfallen würde, als Mel um Hilfe zu bitten. Mel hätte sie gerne noch ein bisschen schmoren lassen, aber sie hatten Arbeit zu erledigen und jede Minute, die sie verschwendeten, war eine weitere Minute, in der Ava ihnen Schmerz und Leid zufügen konnte.

Also ging sie zum Rand des Abhangs und sah nach unten. Kein Wunder, dass Maya nicht wieder rauf gekommen war. Sie hat einen alten inaktiven Hexenkreis gefunden – eine Stelle, an der eine Hexe oder eine Gruppe von Hexen gezaubert hatte. Und nach den verbrannten Pflanzen drumherum zu urteilen, war das erst kürzlich geschehen.

Mel setzte sich auf den Rand des Abhangs und machte sich an den Abstieg, wobei sie die meiste Zeit auf dem Hosenboden durch den Dreck rutschte. Sie ging zu Maya hinüber und spürte jede Prellung, die ihr gerade zugefügt worden war.

„Das ist Hexenzeug", verkündete Maya.

Mel nickte. „Wahrscheinlich haben sie nach der Quelle gesucht."

„Das ist zu nah am Haus. Eine unserer Patrouillen hätte sie bemerken müssen." Das war keine Arroganz. Vier Meilen von Lukes Haus entfernt, im Herzen des Territoriums, das war viel zu nah, als dass die Hexen es geschafft haben konnten, unbemerkt zu bleiben.

„Es gibt Zaubersprüche, die Gerüche verbergen", sagte Mel. „Sie funktionieren jedoch immer nur kurz."

„Wunderbar." Maya umrundete den Kreis und hielt sich dabei außerhalb des Hauptrings. Der Kreis war ungefähr drei Meter im Durchmesser und fast ohne Vegetation. Es sah fast so aus, als hätte jemand das ganze Ding in Brand gesteckt und dann das Feuer plötzlich gestoppt, denn die halb verkohlten Pflanzen bildeten einen perfekten Kreis. „Also ist das die Quelle? Haben sie sie gefunden?"

Mel schüttelte den Kopf. Sie ging in die Hocke und fuhr mit den Fingern über den dunklen, trockenen Boden. Es hatte vor ein paar Tagen geregnet, aber der Dreck hier war knochentrocken. Eine weitere Nachwirkung des Zaubers, den sie benutzt hatten.

Sie sah wieder zu Maya auf und ihr Herz machte einen Hüpfer und fing an zu rasen. „Maya, beweg dich nicht!" Eine Ranke hatte sich von einem der Bäume heruntergeschlängelt und hatte sich über Mayas Fuß gelegt. Die Werlöwin hatte es nicht einmal bemerkt.

Aber Mel erkannte die kränkliche, gelbgrüne Farbe dieser Rebe, und sie konnte die böse Magie fast in der Luft schmecken. Und zum Glück für beide blieb Maya bewegungslos stehen.

„Schau nach unten", instruierte Mel sie mit ruhiger Stimme. „Aber beweg dich keinen Millimeter."

Maya sah nach unten und dann wieder zu Mel auf. „Es ist eine Rebe." Sie klang nicht beeindruckt, aber sie rührte sich nicht.

„Es ist Magie", erklärte Mel. „Und sobald du versuchst, sie loszuwerden, wird sie sich in dich eingraben und dich fesseln." Mel erinnerte sich an den Ruck, als sie als Kind einmal von einer gepackt wurde. Sie war mehr als einen Tag hilflos da gehangen, bis Krista sich herausgeschlichen und sie befreit hatte.

„Es sieht aus wie eine normale Rebe." Maya versuchte entweder Mel oder sich selbst zu überzeugen.

„Ich bin mit Hexen aufgewachsen, okay?" Mel wollte diese Diskussion nicht führen. „Also bitte vertrau mir einfach."

Maya nickte. „Was soll ich tun?"

Ohne eine Hexe, die den Zauber abwehren konnte, bestand der einzige Weg zu entkommen darin, schnell zu handeln, bevor die Magie greifen konnte. „Hast du ein Messer?" Mel hatte keine Waffe dabei. Normalerweise waren ihre Krallen mehr als genug.

Maya ging in die Hocke, und ihr linker Fuß rutschte ein paar Zentimeter nach hinten. Aber es war ihr rechter Fuß, der von der Ranke bedeckt war, und den hielt sie ganz ruhig. Sie rollte ihr Hosenbein hoch und zog ein Messer aus einer Scheide. Es war zehn Zentimeter lang, hatte einen kleinen schwarzen Griff.

Während ihres Kampfes hätte sie Mel also jederzeit töten können.

Mel wollte sie damit aber nicht weiter beschäftigen. Das würde sie beide nur töten. Sie umrundete vorsichtig den Kreis und nahm das Messer von Maya entgegen. „Ich werde die Ranke durchschneiden, und du musst in drei Sekunden aus der Senke heraus sein." Ihre Stimme klang wie Stahl, weil sie keine Ahnung hatte, ob das funktionieren würde.

„Was ist mit dir?", fragte Maya.

„Ich bin flink, ich komme schon klar."

Maya zog skeptisch die Augenbrauen hoch. Aber sie widersprach nicht.

„Ich zähle bis drei. Bei drei rennst du los. Verstanden?" Auf Mayas Nicken hin holte Mel tief Luft. „Eins. Zwei." Sie beugte sich schnell nach unten und schnitt durch die dicke Ranke, dort, wo sie am Baum klebte. „Drei!"

Maya rannte, sprang zum Rand der Senke hinauf und rollte sich wieder auf den Weg. Mel sah nicht hin, drehte sich stattdessen um und floh in die andere Richtung.

Sie hörte einen gewaltigen Knall und nach einer Sekunde spürte sie, wie sie ruckartig zurückgezogen wurde. Sie wirbelte herum, aber der Kreis sah genauso aus wie zuvor.

Das war keine magische Explosion.

Maya rannte zu ihr: „Jesus! Was zum Teufel hast du getan?"

Aber Mel schüttelte den Kopf und stand auf. Sie gab Maya das Messer zurück, ohne hinzusehen. „Das war ich nicht. Das war in der Stadt."

Durch die dichten Bäume konnten sie nichts sehen, aber es lag bereits ein Geruch von Ruß in der Luft und es war unheimlich still, alle Tiere waren verstummt.

Ohne ein weiteres Wort rannten Mel und Maya in Richtung der Explosion.

Die Explosion schleudert Luke nach hinten und ließ Äste von den umliegenden Bäumen umher fliegen. Einer traf ihn an der Wange und riss eine blutende Wunde. Aber er spürte das kaum. Seine Ohren klingelten von der Wucht der Explosion und er hatte so starke Kopfschmerzen, dass er kaum sehen konnte.

Aber er stand auf. Er war allein am Waldrand entlang gegangen und da waren sicher Leute, sowohl Rudelmitglieder als auch die Menschen von Eagle Creek, die seine Hilfe brauchten.

Als er sich auf den Weg Richtung Süden machte, rasten seine Gedanken. Die Explosion war aus jener Richtung gekommen, wo die Hauptbrücke aus der

Stadt führte. Das war der schnellste Weg zur Interstate, über eine tiefe Schlucht, durch die der Fluss führte. Ohne es gesehen zu haben, wusste er, dass die Brücke gesprengt worden war.

Es mussten die Hexen gewesen sein. Die einzige andere Möglichkeit war, dass ein Tanklaster explodiert war, aber das wäre ein zu großer Zufall. Aus irgendeinem Grund versuchten sie, ihn und seine Leute in Eagle Creek einzusperren.

Sinclair stieß ein paar Minuten später zu ihm. Die beiden waren in den Wald gegangen, um einen kleinen Fluchtweg auszukundschaften. Brynne und Jonas waren in der Stadt und bereiteten im EC ein Notfallmeeting vor. Die menschlichen Bewohner der Stadt wussten zwar nicht, was das Rudel war, aber sie verstanden genug, um seine Befehlen zu befolgen, wenn Gefahr drohte.

Der ältere Mann war dreckig und Schmutz klebte an seinem Bart, aber er schien unverletzt. „Die Brücke", war das erste, was er sagte.

Luke nickte. „Sieht so aus, als ob die Schlacht zu uns kommen wird." Luke strich etwas Schmutz von seinem Hemd. „Ich möchte, dass du dir das mal genauer anschaust", sagte er zu Sinclair. „Ist die Brücke noch befahrbar? Was hat die Explosion verursacht? Sind da lauter Hexen, die Zerstörungszauber herbeisingen? Pass auf, dass du nicht gesehen wirst."

Sinclair nickte und war ohne ein weiteres Wort weg. Luke ging zurück in die Stadt.

Das konnte nicht die Kriegserklärung der Hexen sein. Wenn sie mit den Vampiren verbündet waren, würden sie mit dem Angriff bis zum Einbruch der Dunkelheit warten. Es wäre töricht, anzugreifen, wenn ihre Kämpfer nicht über ihre volle Leistungsfähigkeit verfügen. Im Gegensatz zu den Legenden waren Vampire bei Tageslicht durchaus handlungsfähig, aber die Sonne entzog ihnen Kraft. Normalerweise waren sie so schnell und so stark wie Gestaltwandler, und sie hatten begrenzte übersinnliche Fähigkeiten. Aber im Sonnenlicht waren sie nicht stärker als Menschen und ihre mentalen Fähigkeiten waren so gut wie nicht mehr vorhanden.

Es war ein sonniger Tag gewesen, als Luke in den Wald ging. Aber jetzt hing eine Düsternis über der Stadt. Er konnte die Wolken spüren, die schwer am Himmel hingen, bereit, eine Flut von Wasser zu erbrechen.

Das war nicht natürlich. Und bei dem bewölkten Himmel war es dunkel genug für die Vampire, um mit voller Kraft anzugreifen.

Luke beeilte sich und rannte in die Stadt.

Es war ein Chaos. Mitten auf der Straße stand ein Auto in Flammen. Ein halbes Dutzend Leute rannte davon weg. Da waren Dutzende panischer

Menschen, die in Richtung ihrer Häuser oder Autos rannten, aber keine sichtbare Bedrohung.

Ihre Panik war ansteckend und er erwischte sich dabei, wie er hinter sich sah, unfähig, das Gefühl loszuwerden, dass er beobachtet und verfolgt wurde. Keiner seiner Sinne nahm irgendetwas auf. Es gab keine unmittelbare Bedrohung, aber auf seiner Stirn bildeten sich Schweißperlen und sein Herz schlug schneller.

Es gab einen lauten Knall hinter ihm, der ihn fast aus seiner Haut springen ließ, aber als er herumfuhr, um zu sehen, was los war, war anscheinend nur ein Mülleimer umgefallen.

Was war los mit ihm? Luke reagierte nicht so, niemals. Seine Rolle als Anführer seines Rudels setzte voraus, dass er besonnen und bereit war, Gewalt nur dann einzusetzen, wenn es nötig war. Ein schreckhafter Alpha überlebte nicht lange.

Es war ein ernüchternder Gedanke, aber es half ihm, sich wieder unter Kontrolle zu bringen. Irgendetwas stimmte nicht. Etwas an seinen Gefühlen war nicht natürlich. Und jetzt, da er es wusste, konnte er versuchen, es zu kontrollieren.

Er schaffte es zum EC und obwohl sein Herz immer noch schneller schlug und der Schweiß weiter rann, war er okay. Nicht großartig, aber stark genug, um seine Emotionen zu beobachten und sie in Schach zu halten.

Brynne und Jonas warteten zusammen mit ein paar anderen Rudelmitgliedern auf ihn.

„Werden wir angegriffen?“, fragte Luke. Sein Ton war ruhig und neutral. Niemand kommentierte sein Aussehen. Er konnte sehen, dass der Rest von ihnen auch nicht viel besser aussah. Als Luke die Tür aufgestoßen hatte, waren Jonas' Krallen herausgekommen, und er hatte sie noch nicht wieder eingezogen.

Brynne schien sich am besten unter Kontrolle zu haben, obwohl die Hälfte ihres Haares aus ihrem Pferdeschwanz gerutscht war und sie anscheinend nicht still stehen konnte, sondern ihr Gewicht von einem Fuß auf den anderen verlagerte. „Drei Vampire wurden gesichtet. Bisher keine Toten. Ich habe alle erwachsenen Rudelmitglieder in die Stadt geschickt, sie sammeln die Leute ein und bringen sie in ihre Häuser.“

Luke nickte. „Sinclair schaut sich die Explosion an. Wo ist Maya?“ Und Mel, fügte er in Gedanken hinzu. Aber er konnte nicht nach ihr fragen, nicht während sie im Krisenmodus waren.

„Sie war mit Mel unterwegs und hat sich nicht gemeldet“, sagte Jonas. „Sie sollten um diese Zeit eigentlich schon wieder zurück im Haus sein.“

Aber Luke musste sich nicht lange Sorgen machen. Ungefähr dreißig Sekunden nachdem Jonas gesprochen hatte, wurde die Tür zum Restaurant erneut aufgestoßen und Mel und Maya rannten herein. Die Löwen im Restaurant waren angespannt, aber Mel schenkte ihnen keine Beachtung und stürmte durch den Raum, wobei sie Luke mit der Kraft ihrer Umarmung beinahe aus dem Gleichgewicht brachte.

Luke schlang seine Arme um sie und nahm sich einen kurzen Moment Zeit, um ihren Duft einzuatmen, der ihn beruhigte. Für einen Moment ließ die Panik nach und alles, was ihn interessierte, war Mel.

„Wir haben die Explosion gehört und sind so schnell wie möglich gekommen", sagte sie und ließ sich wieder runter auf den Boden.

Luke lockerte seinen Griff, ließ sie aber nicht los. Er konnte sich nicht dazu bringen. „Gute Idee." Er wandte seinen Blick Maya zu und nickte grüßend. Ihrem Gesichtsausdruck nach zu urteilen gefiel ihr Lukes besitzergreifender Griff um Mel nicht, aber das interessierte Luke nicht. Nicht jetzt.

Er bemerkte eine hässliche lila Prellung auf Mayas Wange und ein Blick auf Mels Hände zeigte Kampfspuren. Sie hatten offensichtlich gekämpft, aber Luke sagte nichts. Sie waren zusammen hierher gerannt, also hatten sie das, was auch immer ihr Problem war, für den Moment beiseite gelegt und sich zusammengetan.

„Sie haben uns alle hier an einem Ort, also warum werden wir nicht angegriffen?“, fragte Brynne.

Luke wusste es nicht. „Vielleicht warten sie bis zum Einbruch der Dunkelheit.“ Der bedeckte Himmel verlieh ihnen zwar etwas mehr Kraft, aber ihre volle Stärke würde ihnen erst nach Sonnenuntergang zur Verfügung stehen.

„Oder sie warten nur darauf, dass der Zauber, den sie über der Stadt gelegt haben, alle in den Wahnsinn treibt.“ Mel sprach, als ob ihre Schlussfolgerung logisch wäre, aber alle drehten sich mit einem fragenden Blick zu ihr um.

„Welcher Zauber?“, fragte Luke. Er hatte genug von diesem magischen Blödsinn.

„Bist du nicht ungewöhnlich nervös?“ Sie hob eine Augenbraue. „Ich bin kurz davor, aus meiner Haut zu springen. Die Magie ist verdammt nah dran, die ganze Stadt verrückt zu machen.“

Das war jedenfalls eine bessere Erklärung als eine spontan auftretende Panikstörung. „Wir brauchen Krista“, sagte er. Er dachte, dass Mels anderer Partner, Bob, ebenfalls von Nutzen sein könnte, aber der Mann hatte bisher nicht preisgegeben, wie groß seine Kräfte waren oder was für eine Kreatur er überhaupt war. Vielleicht war er eine Hexe wie Krista, aber Luke bezweifelte das.

„Ich hole sie“, bot Mel an.

„Nein, das wirst du nicht“, beharrte Maya.

Mel trat von ihm weg, ging auf Maya zu und stellte sich ganz nah vor sie. „Hast du damit ein Problem?“

„Du bist nicht vertrauenswürdig.“

Mel knirschte mit den Zähnen und ballte ihre Hände zu Fäusten, ließ sie aber an ihrer Seite herunterhängen. Sie zuckte leicht und sah aus, als wäre sie bereit, sich noch einmal auf Maya zu stürzen, doch Luke sprang zwischen sie. Er war wohl zu optimistisch gewesen, als er angenommen hatte, sie hätten es bereits ausgefochten.

Bevor er etwas sagen konnte, öffnete sich die Tür zum Restaurant noch einmal und Krista kam herein. Sie hob eine Hand. „Bevor du sauer wirst, Alpha, ich hatte keine Wahl.“

Cassie kam hinter ihr herein, und Bob ging dicht neben ihr, eine Hand fest an ihrem Ellbogen.

Er hätte wütend werden sollen, aber er war irgendwie verletzlich und das Einzige, was er fühlen konnte, war Erleichterung darüber, dass seine Schwester in Sicherheit war.

„Ich weiß, wo sie hinwollen“, sagte Cassie. „Sie haben die Quelle gefunden.“

Das wilde Tier in Luke brüllte.

11

KAPITEL ELF

IM RESTAURANT HERRSCHTE CHAOS. Mel hatte keine Ahnung, woher Cassie wusste, wo die Quelle war. Sie war tagelang an ihr Bett gefesselt gewesen und Krista hatte einen magischen Schutzschirm über sie gelegt. Sie hätte vor zusätzlichen magischen Einflüssen durch Avas Zirkel sicher sein sollen.

Aber Cassie sah aus, als würde sie gleich kollabieren. Luke brachte sie schnell zu einem Stuhl, setzte sich neben sie und strich ihr sanft eine lose Haarsträhne aus dem Gesicht. Er ließ Mel allein stehen, aber das machte ihr nichts aus. Beim Anblick von Luke, wie er sich um seine Schwester kümmerte, wurde Mel ganz warm ums Herz. Sie sehnte sich danach, auch so geliebt zu werden.

Cassie brauchte einen Moment, um zu sprechen, sie musste erst zu Atem kommen. „Ich hatte

Albträume“, gestand sie. „Ich habe die Hexen gesehen.“

Lukes Kopf fuhr herum zu Krista. „Ich dachte, du hast gesagt, dass du die Verbindung zwischen ihnen blockiert hast.“

Krista verschränkte abwehrend die Arme. „Das dachte ich auch.“

„Ich wusste anfangs nicht, dass ich sie tatsächlich sah“, fuhr Cassie fort und lenkte die Aufmerksamkeit wieder auf sich. „Ich dachte, es wären Erinnerungen an die Zeit, als sie mich hatten oder so. Aber als ich die blonde Frau sah, die diese wirklich hässliche rote Halskette trug, wusste ich, dass das gerade wirklich passiert.“

Niemand widersprach ihr, als sie den Scharlachroten Smaragd als hässlich bezeichnete, und Mel musste ein Lächeln unterdrücken. Es war ein verdammt protziges Stück.

„Wo sind sie?“, fragte Luke.

„Ich bin mir nicht ganz sicher.“ Die Enttäuschung war greifbar, als Cassie sprach. „Ich habe übersinnliche Visionen“, schnappte sie, „Das ist kein verdammtes GPS.“

„Schon okay, Cassie“, beruhigte Maya sie.

„Sie sind bei einer ausgebrannten Hütte. Ich glaube, sie sind südlich des Flusses und im Wald. Ich konnte einen Lastwagen vorbeifahren hören, bevor ich aufwachte, also können sie nicht sehr weit von der Straße entfernt sein."

„Südlich des Flusses?", fragte Maya.

Cassie nickte.

„Das ist nicht in unserem Territorium", sagte Brynne.

Natürlich war es das nicht. Mel wollte mit der Stirn gegen eine Wand rennen. Sie hatten sich so auf das Eindringen in Lukes Territorium konzentriert, dass niemand auf die Idee gekommen war, dass die Hexen außerhalb des Territoriums sein könnten. Die Beweise, die sie gefunden hatten, hatten sie glauben lassen wollen, dass sie ins Territorium eindringen wollten. Ava hatte sie reingelegt. „Also dann, wessen Territorium ist das?", fragte Mel.

Luke schüttelte den Kopf. „Es gehört niemandem. Das Territorium unseres Rudels erstreckt sich nur bis zum Fluss. Jenseits des Flusses hat niemand Anspruch erhoben, allerdings wird das auch niemand tun, so nah an unserem Gebiet."

Die Feinheiten des Territorialrechts waren zu hoch für Mel. Sie zog es vor, dort zu leben, wo sie wollte, ohne an Politik zu denken. „Dann lasst uns verdammt noch mal loslegen und Ava und ihre Schergen das Fürchten lehren."

„Wir brauchen einen Plan", widersprach Maya.

„Sie hat recht", sagte Krista. „Es sei denn, ihr

wollt euch dem Risiko aussetzen, durch Magie vernichtet zu werden."

Mel hatte einen Plan. Töte so viele Scheißkerle wie möglich. Wie schwer konnte das schon sein?

„Also, was schlägst du vor?", fragte Luke. „Ich nehme an, du wärst wohl am besten gerüstet, die Hexen zu bekämpfen."

Krista nahm an der Bar Platz. „Meine Idee ist lebensgefährlich, fast schon Selbstmord."

Mel wurde munter. Gefährlich war gut. Sie würden Ava nie besiegen, wenn sie auf Nummer Sicher gingen. Aber sie sah zu Luke hinüber und sah, dass sein Gesicht eine Maske der Besorgnis war. Ein Selbstmordkommando war vielleicht doch nicht das, was sie wollte. Nicht, wenn es bedeutete, dass der Morgen unter der Dusche ihr letztes Zusammensein gewesen war.

Mel trat neben Luke und ergriff seine Hand. Sie wollte nicht alleine sein. Luke drückte ihre Hand, während sie Krista zuhörten.

„Die Fehlertoleranz ist gleich Null", warnte Krista. „Aber es ist unsere beste Chance, Ava zu besiegen, wenn sie versucht, Energie aus der Quelle zu ziehen."

„Du meinst, ihr erlauben, die Macht einer verdammten magischen Atombombe an sich zu reißen?", spottete Brynne. „Woher wissen wir, dass du nicht wieder mit ihr zusammenarbeitest?"

Luke hob seine freie Hand, um Brynne zum Schweigen zu bringen. Niemand würdigte ihre Anschuldigung mit einer Antwort.

Krista fuhr fort. „Es werden mindestens dreizehn Hexen dort sein und alle werden sich auf Ava konzentrieren. Ehrlich gesagt bezweifle ich, dass sie viel mehr als dreizehn mitgebracht hat. Die Vampire sind ihre Feuerkraft, ihr Kanonenfutter. Sie werden weiter die Stadt angreifen und versuchen, uns hier festzunageln."

„Es ist ihre Vorgehensweise", sagte Mel. „Warum ihre Leute verschwenden, wenn andere geopfert werden können?"

„Sie kann die volle Kraft der Quelle nicht nutzen, es sei denn, Luke gibt ihr die Eigentumsrechte am Scharlachroten Smaragd. Aber sie wird mehr als genug Macht haben, um dieses County zu zerstören, bevor wir überhaupt merken, dass wir tot sind. Das Ritual, um die Macht aus der Quelle an sich zu ziehen, dauert von Anfang bis Ende sieben Minuten. Wir müssen den Kreis durchbrechen und so viele Mitglieder des Zirkels wie möglich außer Gefecht setzen oder töten, bevor es vorbei ist."

„Wie viele?", fragte Maya. „Und wie?" Die Sorge in ihren Augen galt mehr als nur dem Kampf. Sie sah Krista so an, wie Luke Mel ansah. Es schien, dass sowohl sie als auch Krista mehr Grund zum Leben haben könnten, nachdem dies alles vorbei war.

„Es braucht mindestens sieben Hexen, um das Ziehen von Magie aus einer Quelle zu überleben“, sagte Bob. Selbst Mel hatte das nicht gewusst.

„Weißt du, wann sie es tun werden?“, fragte Luke. Die Anspannung im Raum war groß. Alle diese Löwen hassten es, sich aufs Reagieren beschränken zu müssen und Mel sah das ebenso. Sie wollte jemanden schlagen, ihre Krallen einsetzen, einfach kämpfen und gewinnen. Herumzustehen, während ihr Feind mächtiger wurde, war das Letzte, was sie wollte.

„Sie werden in der Abenddämmerung handeln.“ Krista klang nicht sicher, aber sie versuchte nicht, ihre Aussage weiter zu erklären.

„Woher weißt du das?“, fragte Maya sanft. Sie sah sich verstohlen im Raum um, als wartete sie darauf, dass jemand Kristas Aussage in Frage stellen würde.

„Magie Grundkurs. Die vier besten Zeiten für einen mächtigen Zauberspruch sind Mitternacht, Mittag, Morgen- und Abenddämmerung. Mittag ist vorbei und bis Mitternacht hätten wir genug Zeit, uns neu zu gruppieren.“ Krista sah auf ihre Uhr. „Wir haben noch dreieinhalb Stunden bis es vollständig dunkel ist. Wenn ich Ava wäre, würde ich so schnell wie möglich handeln.“

„Okay“, Luke legte seine ganze Autorität in seine Stimme. „Jonas, ich will jeden Kämpfer, den wir haben. Teile sie in zwei Gruppen auf. Ein Viertel, um die Stadt zu schützen, drei Viertel in die Schlacht. Brynne, hol alle, die keine Kämpfer sind, und bring sie in die Stadt. Sie werden die zweite Verteidigungslinie sein, wenn unsere Kämpfer scheitern. Sie bringen die Menschen aus der Stadt, wenn die Stadt fällt. Wir treffen uns in einer Stunde."

Brynne und Jonas sprangen auf, sie hatten ihre Aufgaben. Ein halbes Dutzend anderer Löwen, die im Restaurant waren, begleiteten sie und ließen Luke, Maya, Mel, Bob, Krista und Cassie allein.

Krista und Bob setzten sich beide neben Cassie. Bob sah erwartungsvoll zu Mel, Luke und Maya auf. Die drei Gestaltwandler setzten sich.

„Wie zum Teufel konnte Cassie überhaupt aufstehen?", fragte Mel. „Und wie wurde Krista geheilt?"

„Hast du sie geheilt?", fragte Luke gleichzeitig.

Cassies Blick fiel auf den Tisch und ihre Schulter sanken nach unten. Sowohl Krista als auch Bob schüttelten den Kopf.

„Wir haben im Moment eine Übergangslösung", sagte Bob. „Ich habe meine Lebenskraft an Cassie gebunden."

„Und das bedeutet was?", fragte Maya.

„Dass wir verzweifelt sind."

Krista nickte. „Bobs Vorgehen hat es mir ermöglicht, einen Teil meiner Magie für einen Heilzauber für mich selbst zu nutzen."

„Ich habe sie darum gebeten“, sagte Cassie plötzlich. „Und ich war einverstanden.“

„Warum?“ Selbst ohne die Details zu kennen, wusste Mel, dass dies eine schlechte Idee war. Bestünde die Möglichkeit, sie dadurch zu heilen, hätten sie es schon vor Tagen versucht. Das war keine Lösung, es war ein Pflaster auf einem gebrochenen Knochen.

„Weil die Hexe, die sie verflucht hat, bei Ava sein wird.“ Krista sagte das so, als ob es wichtig wäre.

„Also kann ich sie töten und die Sache ist erledigt?“ Lukes Frage war eher eine Feststellung.

Krista und Bob tauschten einen Blick aus und Mel spürte, wie ihr ein kalter Schauer über den Rücken lief. Sie versuchte, ihn zu ignorieren, sie vertraute ihnen, das Richtige für Cassie zu tun. „Nicht ganz“, sagte Bob.

Krista fuhr für ihn fort. „Wir glauben, dass Cassie den Fluch brechen kann, wenn sie die Hexe tötet, die sie verhext hat. Diese Hexe wird einen Amulett tragen, das aus etwas von Cassie besteht, wahrscheinlich aus ihrem Haar. Wenn sie tut, was wir ihr gesagt haben, und genau unsere Anweisungen befolgt, sollte sie frei sein.“

Cassie war blass, und Krista sprach mit einer Stimme, die Mel schon oft gehört hatte, wenn sie als Kinder mit Kristas Mutter sprachen. Sie verbarg etwas Wichtiges. Aber Mel hielt den Mund. Wenn sie etwas geheim hielten, hatten sie einen verdammt guten Grund.

„Auf gar kei ..." Luke hob die Faust, aber Mel berührte ihn und schnitt ihm das Wort ab.

„Wir können Ava nicht bekämpfen und diese Hexe töten." Sie sah zu Krista hinüber und starrte ihr lange genug in die Augen, um ihre Freundin wissen zu lassen, dass sie vermutete, dass sie nicht alles gesagt hatte. Nachdem der Moment verstrichen war, sprach Mel. „Gibt es eine andere Möglichkeit?"

„Nein", sagte Krista. „Das ist der einzige Weg."

Luke gab nach. „Was muss ich tun?"

„Sobald wir die Hexe gefunden haben, lass niemanden außer Cassie in ihre Nähe," sagte Bob. „Wir denken, dass es eine Frau ist, und wir bezweifeln, dass es eine von Avas dreizehn sein wird. Der Zauber, der Cassie an sie bindet, ist höchstwahrscheinlich eine um ihr Handgelenk geflochtene Haarlocke. Wenn wir sie isolieren können und Cassie ihr Ding machen lassen, könnte das vielleicht funktionieren."

Luke wandte sich an Maya. „Hilf ihnen", sagte er. „Sie bekommen alles, was sie brauchen." Und damit war es beschlossen.

Einen Moment lang saßen sie schweigend da, aber als Luke aufstand, folgte Mel ihm und ließ die anderen vier zurück. Sie und Luke gingen nicht weit, nur zu einer kleinen Terrasse hinter dem Restaurant.

Luke zog sie an sich, ließ sie ihren Kopf an seine Schulter legen und seinen beruhigenden Duft einatmen.

Mel wollte für immer so bleiben, ihn einatmen, von ihm gehalten werden. Wenn sie jemals das Gefühl von Zuhause beschreiben musste, dann wäre es hier, in seinen Armen. Sie hatte nicht gewusst, dass er das war, was sie wollte, sie hatte nicht gewusst, dass es dieses Gefühl war, wonach sie suchte. Aber jetzt, wo sie es hatte, würde sie Himmel und Hölle in Bewegung setzen, um es zu behalten.

War das Liebe? Sie wusste es nicht. Aber es war stark und echt und das verdammt Wichtigste, was sie je gefühlt hatte.

Nach einer Minute des Schweigens ließen sie voneinander ab. Es war Zeit, in den Krieg zu ziehen.

Trotz des Ernstes der Lage war Luke ruhig. Vom Verlauf der nächsten Stunden hing alles ab – das Leben seiner Schwester, seine Zukunft mit Mel und das Schicksal seines Rudels – aber er spürte nur eine tiefe Ruhe.

Fast alle, die kämpfen konnten, waren im Restaurant versammelt. Maya hatte denen, die keine Kämpfer waren, ihre Befehle gegeben. Die Löwen, die in der Stadt bleiben würden, waren bereits draußen, patrouillierten durch die Straßen und schnappten sich die wenigen Vampire, die es wagten, anzugreifen.

Es war totenstill. Niemand sprach, niemand zappelte auf seinem Stuhl herum. Sie alle warteten einfach darauf, dass Luke das Wort ergriff.

„In den letzten Wochen sind viele verrückte Dinge passiert", sagte er. Ein paar seiner Löwen beugten sich vor, er hatte die volle Aufmerksamkeit. „Und heute Nacht sehen wir das Ergebnis. Es gibt da draußen einen Hexenzirkel, der denkt, dass er das Recht hat, hierher zu kommen und uns dieses Territorium zu nehmen. Lassen wir das zu?"

Wie aus einem Mund antworteten die Löwen: „Nein!"

„Ihr seid die Krieger dieses Rudels", Lukes Stimme wurde lauter und sein Herzschlag beschleunigte sich, Adrenalin durchströmte ihn. „Ihr seid es, die unsere Schwachen, unsere Unschuldigen beschützen. Und ihr werdet all die Menschen in dieser Stadt beschützen, die nicht wissen, dass sie Schutz brauchen. Wenn jemand von euch in diesem Moment einen Zweifel hat, lasst ihn gehen. Wir sind mächtig, und wir sind im Recht. Wir können nicht verlieren."

Das Rudel jubelte und sprang auf die Füße, bereit für den bevorstehenden Kampf.

„Wir wissen, wo sie sind, und unsere Hexe sagt,

dass sie aufgrund der Magie, die sie für ihren Plan benötigen, nicht viel zusätzliche Schutzmagie einsetzen können, um sich gegen uns zu verteidigen. Ihre Wachen werden keine Schutzzauber haben, und wir werden keine Gnade zeigen."

Seine Worte brauchten einen Moment, um sich ihnen einzuprägen. Diese Löwen hatten noch nie zuvor gegen Hexen gekämpft. Aber er sah keine Angst in den Augen seiner Rudelmitglieder. Er sah Begeisterung.

„IHR WISST, WAS IHR ZU TUN HABT" Luke kam zum Höhepunkt seiner Ansprache und brüllte jetzt. „ALSO AUF IN DEN KAMPF!"

Die Gestaltwandler strömten zusammen mit Krista und Bob aus dem Restaurant und teilten sich in ein halbes Dutzend Richtungen auf. Durch Cassies Hilfe wussten sie, wo die Hexen waren. Und sie aus allen Richtungen anzugreifen, war die einzige Möglichkeit, sie abzulenken.

Vierzig Gestaltwandler jagten den Zirkel. Luke kannte den Namen, er kannte die Familie und die Lebensgeschichte jedes Einzelnen. Wen auch immer er heute Nacht verlor, es würde sein Herz durchbohren.

Aber darauf konnte er sich jetzt nicht konzentrieren.

Er lief mit Maya, Krista und Bob. Mel war mit Brynne gegangen. Die beiden hatten sonst niemanden mitgenommen, ihr erstes Ziel war es, Sinclair zu finden und zu bestätigen, dass die Brücke passierbar war. Das war der schnellste Weg zu den Hexen und der schnellste Weg zur Schnellstraße. Wenn die Brücke unbrauchbar war, konnten sie den Zirkel immer noch angreifen, aber sie mussten die Informationen an die Stadt weiterleiten, um sicherzustellen, dass die Zurückgebliebenen über die Nebenstraßen herauskamen. Jonas und Killian führten ihre eigenen Teams von Löwen, sie waren hinter Mel und Brynne.

Luke war nicht auf dem Weg zur Brücke. Er und seine Begleiter gingen bergab in den Wald. Sie bewegten sich langsam. Krista und Bob waren keine Gestaltwandler, sie konnten sich nicht so schnell fortbewegen wie Löwen. Cassie war, trotz der Verbindung zu Bob, immer noch langsam. Sie bewegten sich also sogar langsamer als Menschen das normalerwiese tun würden.

Sie erreichten den Fluss, als sich die Dunkelheit unter den Bäumen ausbreitete. Die Dämmerung nahte.

„Wir müssen ..." Maya unterbrach sich, als Luke ihr einen Blick zuwarf. Er wusste, dass sie sich schneller fortbewegen mussten. Aber er konnte es nicht ändern.

Er sah zum Himmel auf. Es war noch bedeckt, aber nicht bedrohlich dunkel. Der Sonnenuntergang sorgte für lange Schatten im Wald, lange bevor die Sonne den Horizont erreichte. Er hielt auch Ausschau nach Leuchtraketen am Himmel.

Es waren keine zu sehen.

Gut.

Es war Mels Zeichen dafür, dass die Brücke unpassierbar oder mit Sprengfallen versehen war. Sie und Brynne mussten inzwischen die Brücke erreicht haben. Was auch immer die Hexen getan hatten, um diese Explosion zu verursachen, sie hatte die Straße nicht zerstört.

Ein unbekannter Geruch kitzelte seine Nase und die Luft fühlte sich schwer an. Luke hob eine Hand und ließ seine Gruppe anhalten. Er zeigte auf Krista und formte mit den Lippen das Wort: „Hexe?"

Sie schloss die Augen und lockerte ihre Schultern. Die Luft um sie herum bewegte sich und kräuselte ihr Shirt. Nach einem Moment öffnete sie ihre Augen wieder, sie glühten noch für einen Moment golden, bevor sie wieder ihre normale Farbe annahmen. Sie nickte.

Sie hatten dies bei ihrer Planung besprochen. Der Weg, den sie nahmen, war bestimmt gut bewacht. Es war der einzige Waldweg, der direkt zu der ausgebrannten Hütte führte, die Cassie in ihrem Traum gesehen hatte. Luke und Maya sollten die Hexen, denen sie begegneten, erst einmal kampfunfähig machen, während Krista und Bob nachsehen würden, ob einer ihrer Feinde Cassie verhext hatte.

Alle Hexen würden heute Nacht sterben.

Luke ließ seine Krallen herauswachsen, während er das Gelände vor der Gruppe erkundete. Maya war hinter einen Baum getreten, um sich auszuziehen und zu verwandeln. Sie würde in ihrer Löwengestalt bleiben, bis das alles vorbei war.

Der Hexer war nicht weit weg und Luke erkannte ihn sofort. Tim, der Mann, der die Eigentumsrechte an dem Scharlachroten Smaragd gefordert hatte. Anstatt ihn vom Boden aus anzugreifen, ging Luke kurz in die Hocke und sprang dann nach oben, packte einen Ast und zog sich geschmeidig hoch.

Der Ast bewegte sich unter seinem Gewicht und die Blätter raschelten. Tim erschrak, rappelte sich von dem Platz auf, an dem er gesessen hatte und sah sich wild um. Krista hatte ihm gesagt, dass die Hexen einen Großteil ihrer Kräfte in die Zeremonie einbringen würden. Sogar die Wachen, die nicht zum Zirkel gehörten, konnten Ava ihre Kräfte anbieten.

Sie würden heute Nacht keine Schutzzauber einsetzen, um die Löwen fernzuhalten. Das war ein Fehler epischen Ausmaßes. Hexen wussten nicht, wie man ohne Magie eine Grenzlinie festlegt und bewacht, sie waren blinder als Menschen und verwundbarer.

Luke hielt sich absolut ruhig, bis Tim sich

wieder entspannte. Und als der Hexer überzeugt war, dass es nur der Wind gewesen war, griff Luke an, sprang über drei Bäume hinweg und packte Tim von oben, seine Krallen gruben sich tief in den Nacken der Hexe und hinterließen eine tiefe blutende Wunde.

Tim versuchte zu sprechen, aber Luke drückte fester zu und spürte, wie etwas unter seinem Druck platzte. Der Hexer krallte sich in den Boden und versuchte, eine Waffe zu finden oder die Hände zu benutzen, um Magie zu beschwören. Aber Luke hatte ihn komplett am Boden festgenagelt, komplett unter seiner Kontrolle. Dem Hexer blieb nichts anderes übrig, als zu sterben.

Leise wie eine Maus näherte sich Bob. Welche Kreatur, die Magie nutzen konnte, konnte sich auch so leise wie ein Gestaltwandler bewegen? Wenn sie die Nacht überlebten, würde Luke ihn fragen.

Der schwarze Mann kniete sich neben sie, krempelte Tims Ärmel hoch und untersuchte seine Arme. Sie waren frei von jeglichem Schmuck und Bob zog den Kragen des Mannes nach unten. Er trug auch keinen Schmuck um den Hals.

„Er ist es nicht", sagte er und verschwand wieder in der Nacht, damit Luke es beenden konnte.

Aber Luke wollte es nicht dabei belassen. „Wer hat meine Schwester verflucht?", verlangte er zu wissen.

Tim stotterte, wegen des Gewichtes auf seiner Kehle unfähig zu sprechen.

Luke gab etwas nach und ließ ihm gerade genug Luft, um zu sprechen. Als Tim sprach, ergaben seine Worte keinen Sinn. Luke nahm noch etwas Druck weg und beugte sich vor.

Tim sprach wieder, seine Worte jetzt lauter, aber immer noch ein völliges Kauderwelsch. Er klang ähnlich wie damals, als Krista ihre Zaubersprüche gemurmelt hatte, um Cassie zu helfen. Er zauberte.

Luke stürzte sich nach vorne, um ihm die Kehle durchzuschneiden, aber er wurde von einem Ast getroffen, und er taumelte von dem Hexer herunter.

Tim verschwendete keine Zeit damit, zu kämpfen. Stattdessen rannte er los Richtung Süden, dorthin wo sich die Hexen versammelt hatten.

Luke rannte hinter ihm her und verringerte mühelos die Distanz zwischen sich und dem Verletzten. Tim rollte sich herum, als sie zu Boden gingen, und warf Luke Erde ins Gesicht. Mit einem Wort fing die Erde Feuer und versengte Luke und blendete ihn für einen Moment.

Aber Tim war verletzt und auf unbekanntem Terrain. Er hatte keine Chance.

Luke kam immer wieder auf ihn zu und blockte die ihm entgegengeschleuderte Magie ab. Tim wich zurück und versuchte, Luke im Auge zu behalten, aber das bedeutete, dass er sich nur langsam fortbewegen konnte. Schließlich stolperte über einen Baumstamm und stürzte rückwärts zu Boden.

In einer Sekunde war Luke über ihm, grub seine Finger in die Kehle der Hexe und ließ das Blut fließen. Er hatte nicht einmal Zeit, sich zu wehren.

Luke stand auf und ließ ihn dort zurück. Sie würden sich morgen um die Leichen kümmern; heute Nacht kämpften sie gegen die Hexen.

Die Hexen waren nicht allein. Nachdem er und seine Gruppe Tim im Dreck liegen gelassen hatten, gingen sie eine Viertelmeile, bevor sie jemand anderen witterten. Und dann überfiel Luke der widerlich-süße Geruch eines Vampirs und ließ ihn anhalten.

Maya übernahm und schlich voraus. Sie brauchte nur Sekunden, um den Vampir zu töten, ihr Knurren war seine einzige Warnung, dass der Tod vor seiner Tür stand.

Der Weg wurde schmaler, als sie sich vom Fluss entfernten, und sie waren gezwungen, im Gänsemarsch zu gehen. Luke gefiel das nicht, die Haut in seinem Nacken kribbelte vor angespannter Aufmerksamkeit. Sie bewegten sich zu langsam, die Hexen würden sie kommen hören und sie würden alle so tot sein wie der Vampir, den Maya erledigt hatte.

Doch dann wurde der Weg wieder breiter und Luke konnte Benzin riechen. Sie waren jetzt näher an der Straße, aber es kam nicht von dort. Nein, das war der Geruch eines Fahrzeugs.

Sie waren nah dran.

Er spürte, wie sich zwei Arme um seine Schultern klammerten und versteifte sich, bereit, seinen Angreifer abzuwehren. Aber es war nur Cassie. Sie lehnte sich an ihn und vergrub ihren Kopf an seinem Hals. „Ich liebe dich, großer Bruder", sagte sie, bevor sie losließ und zu Bob und Krista zurück ging.

Luke drehte sich um und lächelte sie an. Er fühlte genauso und konnte es kaum erwarten, dass es ihr besser ging, dass die sinnlose Traurigkeit in ihren Augen verblassen würde.

Die Geräusche eines Kampfes zogen sie an. Die anderen Mitglieder seines Rudels hatten den Kampf aufgenommen und die Hexen und ihre Vampirwachen kämpften um ihr Leben. Maya rannte vorwärts, um sich dem Kampf anzuschließen. Luke sah Krista und Bob an und zeigte auf Krista: „Du, komm mit mir. Wir nehmen uns diese verdammte Hexe vor."

Krista trat vor und sie waren weg.

Die meisten Gestaltwandler griffen die Hexen an, die sich auf der Lichtung vor dem ausgebrannten Haus versammelt hatten. Es war ein Chaos. Die Gestaltwandler prallten immer wieder von einer unsichtbaren Wand ab, während sie die ganze Zeit gegen die Vampire und Hexen kämpften, die sich nicht innerhalb der Schutzzone befanden.

„Ich dachte, du hättest gesagt, dass sie keine Schutzzauber haben würden", sagte Luke.

Krista sah zu den Hexen hinüber. „Sie verbrauchen viel von ihrer Kraft, um diesen Schutz aufrecht zu erhalten. Er wird schwächer, sobald sie mit dem Zauber beginnen. Bald werden deine Löwen in der Lage sein, sie zu überwältigen." Sie zuckte zusammen, als einer seiner Löwen, er konnte aus der Ferne nicht sagen, wer, sich auf die geschützte Grenze stürzte, abprallte und drei Meter zurückflog. Er wurde sofort von zwei Vampiren angegriffen.

Das war anders, als in den dichten Wäldern zu kämpfen. Das Haus hier war ein historisches Relikt und im Sommer wanderten Touristen durch den Wald und machten hier eine Mittagspause. Es war gerade weit genug in den Wald hinein, um unerfahrenen Wanderern das befriedigende Gefühl zu geben, eine richtige Wanderung geschafft zu haben, obwohl es nur zwei Meilen waren.

Der Wald um das Haus herum war gerodet und es wurde von der Forstverwaltung instand gehalten. Sie hatten dreißig Meter freie Fläche für den Kampf, und als Deckung gab es nur ein paar umgestürzte Baumstämme und ein halbes Dutzend Picknicktische.

Avas Hexen hatten neben dem Haus einen Kreis

gebildet und die Luft um sie herum flimmerte und schützte sie mit einem Schutzzauber. Vampire und Hexen, die nicht an der Zeremonie beteiligt waren, versuchten, die wütenden Löwen abzuwehren, die wild entschlossen waren, das Ritual zu verhindern.

Schon gab es Verletzte, Vampire und Hexen lagen am Boden, manche leblos, andere dem Tode nahe. Er konnte erkennen, dass einige seiner Gestaltwandler verletzt waren, aber er sah keine Gefallenen. Er hoffte, dass das Glück anhalten würde.

„Bleib nah bei mir", sagte er zu Krista.

Es gab keine Deckung außer dem ausgebrannten Haus und die Hexen entdeckten sie schnell. Luke stürzte sich nach vorn, als ein magischer Blitz auf sie zukam, aber Krista warf die Hand hoch und schützte sie beide. Der Blitz löste sich auf, während die Luft vor ihr flimmerte.

Sie bot ihm ihre Hand an, aber Luke stand alleine auf. Er hatte immer noch seine Krallen ausgefahren und wollte sie nicht verletzen.

Weitere magische Geschosse kamen auf sie zu, farbige Blitze. Aber sie schienen nicht aus dem Zentrum der Schlacht zu kommen. Ein Regen aus Höllenfeuer blendete ihn kurzzeitig, aber sie wurden nicht getroffen.

„Kannst du damit alle schützen?", fragte er.

Krista schüttelte den Kopf. „Im Grunde ist es eine

unsichtbare Betonwand. Ich muss den Schutz fallen lassen, wenn wir kämpfen."

Er konnte nicht sehen, woher der magische Angriff kam, aber das beantwortete seine Frage. „Sie sind im Haus."

Sie rannten, Kristas Schutz rettete sie vor einer Welle magischer Explosionen, die in ihre Richtung geschleudert wurden. Die Ruine bestand nur aus zwei Wänden, mehr löchrig als massiv. Zwei Hexen saßen gebeugt zwischen den Mauerresten, ein Mann und eine Frau. Luke erkannte keinen von beiden.

Aber was er sah, war ein großes Metallarmband, das mit blonden Haaren bedeckt war, am Arm der Frau. Cassies Haare. Das war die Hexe, die den Fluch aufrecht hielt.

Er wollte sie in Stücke reißen, aber er hielt diesen Instinkt im Zaum.

Krista ließ den magischen Schutz fallen und Luke stürzte sich auf den Mann, fuhr mit seinen Krallen über seine Kehle und rollte sich weg. Der Mann war tot, bevor er auf dem Boden aufschlug.

Die Hexe versuchte wegzukriechen, aber sie stieß gegen die andere Wand und stolperte, was Luke Zeit gab, sie einzuholen. Er kniete auf ihren Bauch und nahm ihre beiden Hände in eine Hand, die Krallen seiner anderen gruben sich in ihre Kehle.

„Hol sie", befahl Luke mit rauer Stimme.

„Ich habe ihnen das Zeichen gegeben",

antwortete Krista. Sie behielt ihn und die Hexe im Auge, als traue sie ihm nicht, dass er die Frau am Leben ließ.

Die Ruine wurde von irgendetwas getroffen und durch die Erschütterung fiel ein loses Stück Holz zu Boden.

„Das ist der Schutzzauber“, sagte Krista. „Du musst ihnen helfen.“

Luke war hin- und hergerissen, er wollte sich um Cassie kümmern, aber er konnte nicht mehr für sie tun. „Beschütze sie“, sagte Luke.

Krista nickte. „Du hast mein Wort.“

Luke rannte los, direkt in die Schlacht und in die Hölle.

12

KAPITEL ZWÖLF

MEL WUSSTE, dass es kein Zurück mehr geben würde, sobald sie und Brynne die Brücke überquert hatten. Aber sie hatte nicht damit gerechnet, dass der Moment so schnell vorbei sein würde. Sie waren wenige Minuten nach ihrem Aufbruch von Eagle Creek jenseits der Brücke und hatten sich von ihrer relativen Sicherheit überzeugt Der Rest der Löwen war nicht weit hinter ihnen, und sie würden in Kürze zu Mel und Brynne aufholen.

Dann ging es durch den Wald, wo sie die Hexen und Vampire erledigten, die ihnen über den Weg liefen. Sie war zuversichtlich, dass die Stadt im Moment relativ sicher war. Es waren zu viele Leute im Wald, als dass eine große Streitmacht in der Stadt hätte sein können.

Sie kannte die Namen dieser Löwen nicht, jedenfalls nicht alle. Sie kannte dieses Rudel gerade mal seit ein paar Wochen. Aber wenn sie heute Nacht sterben sollte, wäre sie froh, es an ihrer Seite zu tun.

Nicht, dass sie vorhatte zu sterben.

Um sie herum tobte die Schlacht. Als sie bei dem ausgebrannten Haus ankamen, hatte Mel jegliches Zeitgefühl verloren. Es gab nur die Hexen und die Vampire und den Kampf. Sie konnte den Schutzzauber, der Ava und ihre Hexen umgab, nicht sehen, aber sie konnte ihn beinahe fühlen. Es war, als würden Insekten ihre Flügel an ihr reiben.

Sie warf sich mit den Löwen gegen den magischen Schutzwall und kämpfte gegen die Magie und die Vampire. Das Einzige, was diesen Schutzzauber niederringen konnte, war physische Gewalt. Sie würden darauf einschlagen als wäre es eine Mauer. Und wie eine Mauer würde der Zauber erst nachgeben und dann fallen.

Zwölf Hexen umringten eine blonde Frau. Mel erhaschte nur flüchtige Blicke auf sie. Die Wut in ihrem Bauch war Bestätigung genug. Ava stand im Zentrum des Kreises und beschwor die Magie, die Luke und sein Rudel vernichten sollte. Wenn sie Zweifel gehabt haben sollte, waren sie jetzt nicht mehr vorhanden.

Mel verdoppelte ihre Anstrengungen, ihre Hände

bluteten von den Attacken gegen die fast unsichtbare Wand. Obwohl der Schutzzauber fast unsichtbar war, wenig mehr als ein kaum wahrnehmbares Schwirren der Luft, brannte jede Berührung, ein unsichtbares Feuer, das die Frauen und Männer dahinter vor den Folgen ihrer Taten schützen sollte. Aber ein Feuer konnte gelöscht, erstickt werden.

Ein Knurren kam aus ihrer Kehle, gewann an Kraft und wurde zu einem lauten Brüllen. Sie klang nicht wie einer der Löwen, aber das musste sie auch nicht. Alle Katzen waren bei dieser Mission Kampfgefährten, es war ihr gemeinsamer Kampf. Heute waren sie ein Rudel.

Der Boden gab nach, erst einen Zentimeter und dann zwei. Einen Moment lang war alles still, und dann spürte sie einen Schlag in die Magengrube, die Luft entwich mit ungeheurer Kraft, als der Schutzzauber in unheimlicher Weise lautlos vor ihnen in sich zusammen fiel.

Die Hexen außerhalb des magischen Schutzwalls erkannten vor denen im Innenkreis, was passiert war. Sie hörte eine schrille Stimme rufen: „Schützt den Zirkel!" Aber es war zu spät. Sie tauchte bereits in den Kreis, ihre Krallen sprangen aus ihren Händen hervor, bereit, sich ihre Rache zu nehmen.

Sie stieß einen großen Mann aus dem Weg. Er war nicht der, den sie wollte.

Nein, er stand nur zwischen ihr und Ava.

Aber sie kam nicht an sie heran. Zwölf Hexen des Zirkels bildeten einen Kreis um Ava. Sie alle gaben ihr ihre Macht, ihre Stimmen zu einem Gesang erhoben. Mel hatte keine Ahnung, wie lange das Ritual bereits lief. Die Lautstärke ihres Gesangs änderte sich nicht, als die Löwen über sie herfielen.

Zuerst fiel eine kleine Frau, die von einer Löwin in ihrer vollen Tiergestalt zu Boden gebracht wurde. Sie hatte keine Zeit zu schreien, bevor sie verblutete.

Mel fuhr mit ihren Krallen über den Rücken eines großen Mannes. Er fiel sofort zu Boden, sang aber immer noch. Sie beugte sich über ihn, aber als sie in seine leuchtend blauen Augen sah, sah sie seinen Schmerz und seine Angst. Er hatte Angst vor dem, was sie ihm antun würde.

Er hörte lange genug auf zu singen, um zu betteln: „Bitte, töte mich nicht.“ Trotz seiner Größe war seine Stimme so hoch wie die eines jungen Mannes. Er war vielleicht zwanzig.

Und in diesem Moment wurde Mel klar, dass sie noch nie jemanden getötet hatte. Sie war eine Kriminelle, sie empfand keine Reue, aber Gewalt war nicht ihr Ding.

Der junge Mann nutzte ihr Zögern aus.

Er riss seine Hand hoch und schleuderte ihr einen Energieblitz entgegen. Es hätte sie mitten ins Gesicht getroffen, wenn nicht ein anderer großer Mann sie rechtzeitig aus dem Weg gestoßen hätte.

Luke.

Sie fand sich unter ihm wieder, seine Hand lag versehentlich auf ihrer Kehle.

Mel lächelte zu ihm hoch, froh, dass er sie gefunden hatte, dass er im Moment in Sicherheit war. „Ich glaube, wir waren schon einmal hier."

Er legte sich plötzlich so platt wie möglich auf sie und zerquetschte sie fast mit seinem Gewicht. Einen Moment später spürte Mel, wie ein heißer Strom aus Magie über sie hinweg fegte. Luke zuckte zusammen, küsste sie aber auf die Wange, nachdem er tief Luft geholt hatte. „Nein, diesmal ist es viel besser", hauchte er.

Sie rollten auseinander, mehr als einen kurzen Moment konnten sie sich mitten im Kampf nicht stehlen.

Der junge Mann war in den Kreis zurückgekrochen. Er war auf allen Vieren und aus den Wunden an seinem Rücken strömte Blut. Wenn das Ritual nicht bald endete, würde er sowieso an Blutverlust sterben. Aber Mel würde ihm die Chance nicht geben.

Ihr Moment mit Luke war ausreichend gewesen, um sie daran zu erinnern, warum sie hier war, warum sie diese Leben nehmen musste. Es ging nicht nur darum, sich für die Familie zu rächen, die ihr gestohlen wurde. Es ging auch darum, den Mann, den sie gewählt hatte, und die Familie, die sie mit ihm gründen würde, zu schützen.

Er war ihr Gefährte, verdammt noch mal, und es war Zeit, dass sie anfing, ihn zu beschützen.

Sie gab dem jungen Mann mit den ängstlichen blauen Augen keine Chance sich zu wehren, sondern grub von hinten ihre Krallen in seine Kehle. Sie hatte sich ihm lautlos genähert. Er war tot, bevor er merkte, dass sie hinter ihm war.

Zwei Feinde am Boden. Sie brauchten noch vier mehr.

Aber die Hexen hatten sich erholt. Diejenigen, die im Zirkel gewesen waren, umkreisten Ava. Sie standen innerhalb eines großen Rings aus Steinen und aus jedem der Steine stieg ein rot schimmerndes Feuer auf. Mel versuchte sie zu zählen. Es waren mindestens sieben Hexen innerhalb des Rings, einschließlich Ava. Die Steine versperrten ihr teilweise die Sicht, aber sie glaubte nicht, dass es mehr Hexen waren.

Trotzdem reichte die Zahl immer noch aus, um das Ritual durchzuführen und zu beenden.

Sie sah zu Luke hinüber und hoffte, dass er eine Ahnung hatte, wie man den inneren Schutzzauber durchbrechen konnte. Aber er sah sie im selben Moment an, auch er schien ohne Hoffnung zu sein.

Für Mel war aufgeben keine Option. Das war zu wichtig, zu verlieren war inakzeptabel. Sie würde sich nicht noch einmal von Ava alles nehmen lassen. Sie bückte sich und hob einen Ast auf, der von einem der Bäume gefallen war. Er war klein, kaum mehr als ein Zweig. Wenn sie damit jemanden schlagen würde, würde er zerbrechen, ohne einen blauen Fleck zu hinterlassen. Aber zum Schlagen hatte sie Fäuste. Sie holte aus und warf den Ast in Richtung der neu errichteten Schutzzaubers.

Das Holz schlug gegen eine unsichtbare Wand und fiel zu Boden.

Mit physischer Gewalt war dieser Schutzzauber nicht zu durchbrechen. Bestenfalls würden sie sich verletzen und schließlich, nachdem sie durchgekommen waren, zu schwach sein für den Kampf. Im schlimmsten Fall wäre das gesamte Rudel tot, lange bevor Ava die Macht der Quelle an sich genommen hätte.

Mel beobachtete, wie die Hexen hinter den Flammen im Kreis gingen, ihre Körper waren verschwommen. Sie konnte ihren Gesang nicht hören. Obwohl das Kampfgeschehen nachgelassen hatte und die meisten anderen Hexen und Vampire entweder tot, verletzt oder auf der Flucht waren, war es im Wald immer noch zu laut, um die Laute zu hören, die die Magie nicht blockierte.

Luke ging zu ihr hinüber und stieg über den toten Körper einer namenlosen Hexe.

„Fliehen wir?", fragte er. Er klang nicht so, als

würde er sich geschlagen geben, aber seine Schultern hingen ein wenig nach unten.

„Dafür ist nicht genug Zeit." Die sieben Minuten, die die Hexen brauchten, um das Ritual zu vollenden, waren längst um. Selbst mit der Schnelligkeit eines Gestaltwandlers würden sie nur ein paar Meilen weit kommen. Ava würde sie mit ihrer neu gewonnenen Macht noch vor Tagesanbruch auslöschen. Sie drehte sich zu Luke um und wartete, bis er auf sie herabsah. „Ich liebe dich, weißt du", gestand sie.

Lukes Mundwinkel verzogen sich zu einem Grinsen. „Sag mir das morgen."

„In Ordnung." Es war nicht das erste Versprechen, das sie nicht halten konnte.

„Krista hat gesagt, sie würden den Schutzzauber abschwächen." Luke wandte seine Aufmerksamkeit wieder dem Kreis zu, als Maya sich in ihrer Löwengestalt neben sie schlich. „Irgendeine Ahnung, wann das passieren wird?"

Mel schüttelte den Kopf. „Wir werden nicht viel Zeit zum Handeln haben."

„Es wird genug sein." In seiner Stimme lag etwas anderes. Er wollte ihr nicht nur Mut machen, er gab ihr das Versprechen eines Alphas.

Die Zeit kroch langsam dahin, während sie darauf warteten, dass die Hexen den Schutzzauber schwächer werden ließen. Jede Sekunde schien fünf

Minuten zu dauern und Mel spürte, wie der Drang wuchs, auf und ab zu gehen.

Krista rannte zu ihnen herüber, ihr Shirt mit getrocknetem Blut bedeckt. „Warum ..."

„Geht es Cassie gut?" Luke ließ sie nicht ausreden.

Krista antwortete nicht sofort und sagte schließlich: „Der Fluch ist gebrochen." Sie deutete auf den Zirkel, „Aber warum steht ihr alle hier rum?"

Mel sah zwischen dem lodernden Schutzzauber und Krista hin und her. „Die Flammen?"

Krista schlug sich mit der Handfläche gegen die Stirn und stöhnte. Die Aktion wäre vielleicht lustig gewesen, wenn sie sich dabei nicht über ihrer linken Augenbraue einen breiten blutigen Abdruck hinterlassen hätte. „Das ist nichts als Glitzer und Glamour. Es wird ein bisschen heiß sein, aber nichts, was dich aufhalten könnte."

Mel packte Krista an den Schultern. „Bist du sicher? Das ist Ava."

Krista nickte. „Sie kanalisieren so viel Kraft in den Zauber, dass der Glamour kaum stabil ist. Bis sie das Ritual beendet haben, haben sie nicht genug Saft, um irgendetwas in deine Richtung zu schleudern."

Mel drehte sich zu Luke. „Jetzt oder nie."

Er war bereits losgerannt und sammelte seine Katzen um sich, um die Hexen von der Flanke her zu attackieren. Mel machte Anstalten, ihnen zu folgen, aber Krista legte ihr eine Hand auf die Schulter.

„Wir gehen von hinten rein. Wir kennen sie. Während die Katzen ihre Hexen ausschalten, wird Ava versuchen zu fliehen. Sie wird sich nicht von einem mickrigen Löwenrudel töten lassen." Kristas Hand auf ihrem Arm war fest, als ob sie dachte, dass Mel versuchen würde, zum Zentrum des Kampfes zu rennen.

Aber sie wusste, dass Krista Recht hatte. Ava würde sich auf keinen Fall erwischen lassen wollen, und wenn sie heute entkommen konnte, würde sie bald wieder und mit größerer Macht zurück sein. Und beim nächsten Mal würde sie alle Mitglieder von Lukes Rudel ermorden, bevor sie versuchen würde, die Quelle für sich zu beanspruchen.

Also machten sie und Krista sich auf, weg vom Kampfgeschehen und in den Wald in Richtung der Straße, bis zu dem kleinen Parkplatz bei den Picknicktischen.

Mel half Krista auf einen Baum und kletterte dann zu einem anderen Ast. In den Bäumen konnten sie sich gut verstecken, aber dort waren sie nicht besonders mobil. Dennoch war dies der Weg, den Ava nehmen würde, es war der schnellste Weg weg von der Hütte, denn sie wusste, dass sie Löwen in ihrem eigenen Wald nicht entkommen konnte.

Minuten verstrichen. Mel konnte das

Aufeinanderprallen der Kämpfenden hören, die Schreie, als Hexen starben und Löwen verwundet wurden. Dann gab es auf einmal einen Blitz, der den Wald für eine Sekunde weiß erstrahlen ließ und Mel blendete.

„Sie haben es beendet", sagte Krista. „Sie wird fliehen."

Trotz ihres durch den Blitz eingeschränkten Sehvermögens kauerte Mel auf ihrem Ast, bereit, die Hexe anzugreifen.

„Beeil dich", warnte Krista. „Der größte Teil ihrer Magie wurde ihr während des Rituals entzogen, aber sie wird sich schnell genug erholen, um wieder großen Schaden anrichten zu können. Ich werde dir magische Unterstützung geben, wenn du sie brauchst. Jetzt, da das Ritual beendet ist, sollten meine Zaubersprüche wieder richtig wirken."

Mel war froh, dass Krista da war. Ohne ihre Erklärungen hätte sie die Nuancen der Magie nie verstanden. Egal wie intensiv sie Avas Taktik studiert hatte – nach ihrer persönlichen Erfahrung, gab es nichts Besseres als eine Hexe an ihrer Seite zu haben.

Aber Mel hatte keine Zeit, das alles zu sagen, noch nicht. Sie konnte Äste knacken und schweres Atmen hören, als jemand durch den Wald rannte und vor dem Kampf floh. Sie kam aus der Richtung, in die der Wind blies, aber Mel erhaschte einen Blick auf weißblondes Haar.

Ava.

Mel holte ein letztes Mal tief Luft und wartete auf den richtigen Moment. Ava war fast bei Mels Baum, als Mel sprang. Sie verfehlte die Hexe beinahe und berührte sie nur leicht, aber es reichte, dass sie stolperte und auf ein Knie niedersank. Mel nutzte ihren Vorteil und gab Ava keine Chance, Mels Fehler auszunutzen.

Es gab ein kurzes Handgemenge, aber Ava war keine Kämpferin. Jedenfalls keine, die physisch kämpfen konnte. Wenn sie in diesem Moment auch nur einen Bruchteil ihrer Macht zur Verfügung gehabt hätte, wäre Mel ein verkohlter Umriss auf einem der umstehenden Bäume. Aber in diesem einen Moment hatte Mel den Vorteil.

„Du dummes Tier“, spie Ava. „Wenn du glaubst, dass dies etwas anderes bedeutet als deinen Untergang, hast du weniger Intelligenz als eine Mücke.“

Sie erkannte Mel nicht. Nach all den Jahren, den Albträumen, den Plänen, sie zu Fall zu bringen, der unerbittlichen Entschlossenheit, auf genau diesen Moment vorbereitet zu sein, und Mels Feindin hatte noch nicht einmal den Anstand zu wissen, wer sie war. Es hätte sie nicht überraschen sollen. Ava hatte sie das letzte Mal gesehen, als sie zwölf war, sie war damals halb verwildert, ihr Haar verfilzt und ihre Haut ständig aufgeschürft. Sie hatte damals kaum ausgesehen wie ein Mensch.

Sie hatte sich überlegt, was sie in diesem Moment sagen wollte. Als sie einundzwanzig war, hatte sie sich ihre Ansprache in einem Anfall rührseliger Sentimentalität ausgedacht. Aber selbst das war zu viel für dieses traurige Exemplar eines Menschen.

Und so grub Mel ohne weitere Zeremonie ihre Krallen in Avas Kehle, durchtrennte die Halsschlagader und sah zu, wie das Blut herausspritzte.

Sie fühlte kein Bedauern.

Es war ein Massaker. Ohne ihren magischen Schutz schienen die Hexen zu erstarren. Sie hatten keine Zaubersprüche, die sie den Löwen entgegenschleudern konnten, und sie hatten keine Schutzzauber errichtet. Das Blutbad war schnell vorbei. Luke sah ein oder zwei Hexen in den Wald flüchten, aber das spielte keine Rolle. Ava und ihr Zirkel waren besiegt, die Macht würde in der Quelle bleiben und sein Rudel war in Sicherheit.

Er konnte Ava nicht sehen. Von einer Sekunde auf die andere war sie verschwunden. Luke versuchte ihren Geruch aufzuspüren. Sie war die eine Hexe, die unbedingt sterben musste. Sie war die Drahtzieherin hinter dem Fluch, mit dem seine Schwester belegt wurde. Sie hatte Mels Familie abgeschlachtet, und sie war das Arschloch, das versucht hatte, sein Territorium an Blutsauger zu übergeben. Ihre Schuld war zu groß, als dass man Gnade hätte walten lassen können.

Vor allem, wenn er sie jetzt nicht tötete, würde sie zurückkommen.

Luke rief ein halbes Dutzend seiner Löwen zu sich und schickte sie aus, um nach Ava zu suchen. Er hatte das beklemmende Gefühl, dass sie sie nicht finden würden. Er wusste nicht, wie er Mel beibringen sollte, dass sie entkommen war, aber Mel war woanders, sie hatten sich kurz vor dem letzten Angriff getrennt. Er fühlte in seinem Herzen, dass es ihr gut ging. Er würde sie bald finden.

Aber im Moment musste er Cassie finden. Er hatte zu lange den Drang unterdrückt, nach ihr zu suchen und sie hier wegzubringen. Er hoffte, dass sie sich, nachdem der Fluch gebrochen war, in Sicherheit gebracht hatte, und dem Kampfgeschehen fern geblieben war. Aber die Tatsache, dass er sie nicht mehr gesehen hatte, seit er Krista und Bob verlassen hatte, beunruhigte ihn.

Er hatte Krista gesehen, aber Bob musste bei Cassie geblieben sein. Aber er hatte Bob seitdem nicht mehr gesehen.

Luke ging zurück zu dem ausgebrannten Haus, in dem er Cassie zurückgelassen hatte.

Alle Gedanken an den Kampf verschwanden, als er um die Ecke bog und seine Schwester erblickte. Sie presste ihre Hände gegen eine Wunde an ihrer Seite, aber trotzdem quoll dickes, dunkles Blut zwischen ihren Fingern hindurch. Bob lag neben ihr, ausgemergelt, ein Speichelfaden hing seitlich aus seinem Mund, seine Augen waren glasig und seine Haut war grünlich-braun. Ein blutiges Messer lag neben Cassies Hand. Es sah aus, als hätte sie es fallen lassen. Der Körper der Hexe, die sie verflucht hatte, lag schlaff im Staub, in einer Blutlache aus einer Wunde, die identisch war mit Cassies Bauchwunde.

Luke eilte an ihre Seite, tonnenschwere Angst in seiner Brust. Er legte seine Hand auf ihre, und ihre Hand war kalt. Aber sie öffnete ihre Augen auf und er sah Schmerz, aber er sah auch Hoffnung.

„Der Fluch ist weg." Es war kaum ein Flüstern.

„Gut", er beugte sich vor und küsste sie auf die Stirn, bevor er seine Aufmerksamkeit dem verletzten Mann neben seiner Schwester zuwandte. „Danke."

Bob nickte. „Sie ist stark."

Cassie fing an zu husten und Luke rief nach einem Heiler.

Danach ging alles sehr schnell. Ein paar Löwen verbanden ihre Wunde so gut sie konnten und nahmen sie mit.

Der Rest der Nacht verging wie im Flug. Die Verwundeten mussten versorgt und Toten geborgen werden, und sie mussten die Körper der gefallenen Hexen und Vampire beseitigen. Luke rief Peklo, den Anführer der Vampire, an, und er war nicht überrascht, dass die Nummer nicht mehr gültig war. Er konnte nicht sicher sein, dass Peklo in Avas Intrige verwickelt war, aber selbst wenn er den Vampir kontaktieren könnte, wusste er, dass der Mann alles leugnen würde.

Luke würde sich später um ihn kümmern. Selbst wenn Peklo beteiligt gewesen war, würde er jetzt, wo die Hexen besiegt waren, nicht angreifen. Luke hatte mindestens zwanzig tote Vampire gezählt – die Verluste waren zu hoch, um einen sofortigen Angriff zu starten, wenn es tatsächlich seine Männer gewesen waren.

Zwei von Lukes Löwen waren im Kampf gefallen und drei weitere waren schwer verletzt. Doch darüber hinaus waren seine Löwen zwar verletzt, aber sie würden sich erholen.

Als die Sonne aufging, war Luke kurz davor, vor Erschöpfung zusammenzubrechen. Er hatte sich um so viel gekümmert, so unermüdlich gearbeitet, dass er gar nicht bemerkte, dass er Mel seit der Schlacht nicht mehr gesehen hatte.

Er wusste, dass sie irgendwo in der Nähe sein

musste. Sie würde ihm nicht ihre Liebe gestehen und dann einfach verschwinden.

Zumindest konnte er sich das nicht vorstellen.

Luke würde sie suchen, nachdem er ein paar Stunden geschlafen hatte.

Seine Schlafpause verging wie im Flug, und als er wach wurde, schien die Mittagssonne in sein Zimmer. Er wäre nicht aufgewacht, wenn Maya nicht an seine Tür gehämmert hätte. Luke zog ein T-Shirt an, öffnete die Tür und fuhr sich mit der Hand durchs Haar, um es zu bändigen.

„Was?“, fragte er.

Maya sah aus, als hätte sie überhaupt nicht geschlafen. Aber sie hielt sich aufrecht und ließ sich von der Müdigkeit nicht aufhalten. „Alle haben die Nacht überstanden. Murphy sagt, dass er glaubt, dass alle durchkommen werden.“

Luke nickte erleichtert.

„Und Cassie will mit dir reden.“

„Ich bin gleich da.“

Maya nickte und während sie sich abwandte, um zu gehen, sagte sie: „Ich werde eine Mütze Schlaf nehmen.“

Luke wollte sie gerade gehen lassen, fragte dann aber im letzten Moment: „Irgendein Zeichen von Mel?“

Maya schüttelte den Kopf und ging weiter.

Cassie war wieder in dem Raum, in dem sie die

Zeit, in der der Fluch wirkte, die meiste Zeit in Handschellen verbracht hatte. Jetzt brauchte sie keine Handschellen mehr und auch keine Wachen. Aber Bob war noch immer an ihrer Seite. Beide sahen erholt aus. Er hatte seine normale Farbe wieder und ihr Gesichtsausdruck war friedlich.

Sie öffnete die Augen und lächelte, als Luke die Tür leise hinter sich schloss. „Wie geht es dir?“, fragte er.

Bob stand auf und begrüßte Luke, bevor er sich entschuldigte, um ihnen Zeit für sich zu geben.

„Ich fühle mich, als wäre mir in den Bauch gestochen worden, aber ansonsten geht es mir gut.“ Sie klang müde, aber es war eine gute Müdigkeit. Sie klang nicht länger, als hätte sie aufgegeben und sei dem Tode nahe.

„Was ist da draußen passiert?“ Er hatte das Messer gesehen, und es hatte nicht so ausgesehen, als hätte die Hexe Cassie damit verletzt.

Cassie holte tief Luft und verzog das Gesicht. „Na ja, wir mussten die Hexe töten, um den Fluch zu brechen.“

Luke nickte, das wusste er bereits.

„Und am Ende benutzte sie Magie, was dazu führte, dass ich ihren Zauber nicht durchbrechen konnte.“ Cassie zögerte, er kannte sie lange genug, um zu wissen, dass das nicht alles war.

„Und ... ?“

„Ich möchte, dass du dich daran erinnerst, dass ich am Leben bin und wieder gesund werde. Dr. Murphy hat gesagt, dass ich wieder gesund werde.“ Das war die kleine Schwester, die er kannte. Die versuchte, Schwierigkeiten zu umgehen, egal was sie getan hatte. Luke spürte, wie er langsam frustriert wurde. Cassie fuhr fort, bevor er sie dazu auffordern konnte. „Die Verbindung mit Bobs Lebenskraft hat mich gerettet. Krista hatte mir gesagt, dass ich durch den Fluch mit der Hexe verbunden war. Und dass diese Flüche wirklich gefährlich sind. Also habe ich mein Glück versucht und mir selbst das Messer in den Bauch gestoßen.“

Blut hämmerte in Lukes Ohren und er musste tief durchatmen, um nichts Unüberlegtes zu tun – wie etwa seine Schwester am Hals zu packen und sie zu schütteln. Sie lebte, das war das Wichtigste.

„Also, was machen wir jetzt?“, fragte Cassie, nachdem Luke zu lange geschwiegen hatte.

„Das gleiche wollte ich dich fragen.“ Cassie musste selbst entscheiden, er konnte das nicht für sie tun. Sie hatte Fehler gemacht – schreckliche, katastrophale Fehler – aber die letzten Wochen hatten ihm die Augen geöffnet und er hatte erkannt, dass seine Schwester erwachsen wurde. „Du weißt, dass du das vor Mom oder Scott nicht geheim halten kannst.“

Cassie stöhnte, ihr Gesicht verzog sich vor

Schmerzen, die nichts mit ihrer Wunde zu tun hatten. „Sie werden mich umbringen. Und dann sperren sie mich für die nächsten hundert Jahre ein. Und dann bringen sie mich nochmal um, nur um mir eine Lektion zu erteilen."

Luke lachte befreit, etwas, das er in dem Chaos schon lange nicht mehr getan hatte. „Ich bringe Dich nach Hause. Sie werden dich nicht umbringen, wenn ich mitkomme."

„Vielleicht könnte Bob mich im Wald verstecken?" Ihr Gesicht leuchtete auf.

Luke hob eine Augenbraue: „Warum sollte er das tun können? Und welcher Wald?"

Cassie verdrehte die Augen. „Na ja, der Wald, in dem er ein verdammter Elfenprinz ist? Wie kann es sein, dass keiner von euch darauf gekommen ist?"

Luke versuchte, sich alles ins Gedächtnis zu rufen, was darauf hindeutete, dass Bob ein Elf war, und dann auch noch einer von königlichem Blut. Aber Luke war noch nie zuvor einem Elfen begegnet, er hatte eigentlich bisher nicht wirklich geglaubt, dass sie überhaupt existierten. „Woher weißt du, was er ist?"

„Dieses Ding mit der Verbindung und dem Teilen der Lebenskraft. Ich habe ein paar Dinge aufgeschnappt, die er wahrscheinlich nicht vorhatte, mit mir zu teilen." Sie lächelte und beugte sich fünf Zentimeter vor, bevor sie zusammenzuckte, weil die

Wunde in ihrem Bauch sich bemerkbar machte. „Vielleicht behalten wir das einfach für uns? Ich glaube nicht, dass es ihm gefällt, dass ich es dir erzählt habe."

Luke nickte. „Natürlich."

„Und was ist mit Mel?", fragte Cassie.

Das hätte Luke auch gerne gewusst.

13

KAPITEL DREIZEHN

Das Verbrennen der Leiche dauerte länger, als Mel erwartet hatte. Noch schlimmer war die Sache mit dem Verstreuen der Asche. Sie und Krista waren sich einig, dass die Asche aufgeteilt und in weit auseinander liegenden Gegenden verteilt werden musste, einfach um sicher zu sein. Keiner von ihnen glaubte wirklich, dass Ava zurückkommen könnte, nachdem ihre Leiche verbrannt war, aber es gab keinen Grund, nicht vorsichtig zu sein.

Mel hatte mit Luke sprechen wollen, bevor sie verschwand, aber nach einer Nacht der Ruhe wurde ihr klar, dass es keine gute Idee war. Er hätte darauf bestanden, sie zu begleiten. Dann hätte Maya einen Wutanfall bekommen und ihn überredet, eine Eskorte mitzunehmen. Dann hätte es Verhandlungen gegeben, wer wann und wohin gehen würde. Und anschließend hätten sie eine sichere Passage durch die Gebiete verhandeln müssen, die sie durchqueren wollten.

Es war schlicht und ergreifend wesentlich unkomplizierter, wenn sie einfach alleine ging.

Irgendwo zwischen Mexiko und der Nacht der Schlacht war ihr Telefon zerstört worden, sodass sie Luke nicht einmal anrufen konnte. Und sie befürchtete, dass wenn sie ihn anrief, er ihr hinterher reisen würde.

Mel war diese Woche so mit dem Verteilen von Avas Asche beschäftigt, dass sie Luke nur vermisste, wenn sie zwischendurch mal zur Ruhe kam. Leider gab es während der langen Reisezeiten in dieser Woche viel mehr Ruhezeit, in denen sie nichts zu tun hatte, als sonst. Da war ein Schmerz in ihr, verursacht durch die Trennung von ihm. Und als sie den letzten Rest von Ava über eine abgelegene Klippe in den Smokey Mountains verstreute, wollte sie nichts lieber tun, als nach Colorado zurückzukehren und sich ganz nah an ihren Alpha zu kuscheln.

Aber eines gab es noch zu tun, und deshalb hatte sie sich den Abstecher nach Tennessee bis zum Schluss aufgehoben.

Es war an der Zeit, zum ersten Mal seit dreiundzwanzig Jahren zurück nach Hause zu gehen.

Mel war nah an der Grenze des ehemaligen

Territoriums ihrer Familie. Es kam ihr vor wie ein Verrat, die Asche ihrer Mörderin an dem Ort zu verstreuen, an dem sie einst gelebt hatten. Aber sie hoffte, dass sie nahe genug war, um ihren Geistern Frieden zu bringen.

Mel wanderte stundenlang durch den Wald und versuchte, das Haus zu finden, das einst ihr Zuhause war. Es war schwieriger zu finden als erwartet. In diesem Wald lebte niemand, und alles war anders als in ihrer Kindheit. Als Ava die Quelle geöffnet hatte, hatte tagelang ein Feuer gewütet und Hunderte Hektar Wald zerstört. Das Haus wurde nur verschont, weil der Wind sich gedreht hatte.

Es waren diese alten Bäume und neuen Setzlinge, die Mel schließlich auf den Weg in das Tal brachten, in dem sie aufgewachsen war. Das Haus, das ihr in ihrer Kindheit wie ein Herrenhaus vorgekommen war, war jetzt nur noch groß und in einem traurigen Zustand.

Alle Fenster bis auf eines waren gesprungen oder komplett zerbrochen, die blaue Farbe war abgeplatzt und verrottet. Das Dach auf der Nordseite des Hauses war komplett eingestürzt.

Von ihrer Familie war nur noch eine Ruine übrig.

Aber die Veranda sah robust genug aus und Mel beschloss, ihr Glück zu versuchen. Sie hatte mehr für weniger riskiert.

Sie setzte sich auf das zersplitterte Holz, zog die

Beine an und legte eine Wange auf ihr Knie. So auf der Veranda sitzend, erwartete sie, dass das Gewicht des letzten Vierteljahrhunderts von ihr abfallen würde. Sie hatte erwartet, dass sie nach ihrer Rache erleichtert sein würde, sie hatte gehofft, dass sich das Loch in ihrer Brust schließen würde.

Stattdessen verspürte sie ein wenig Frieden und einen unwiderstehlichen Drang zu weinen. Und sie gab nach. Mel ließ die Tränen fließen, und als der Schluckauf kam, ließ sie ihn da sei und schluchzte, bis ihr Kopf schmerzte und ihre Augen brannten. Sie war ein Häufchen Elend, aber es war niemand im Wald, der es sehen konnte.

Aber die Tränen versiegten und Mel wischte sich mit dem Handrücken über Augen. Sie erhob von der Veranda und streckte sich. Und dann ging sie fort, ohne sich noch einmal umzusehen.

Dies war nicht mehr ihr Zuhause. Das Territorium hätte ihr gehören sollen, aber das Leben hatte anders entschieden. Sie war eine Diebin, sie wurde geliebt, und sie hatte ihrer Familie Gerechtigkeit verschafft, indem sie die Frau tötete, die ihre Familie getötet hatte. Aber sie hatte nicht vor, in einem schimmeligen Haus im ländlichen Tennessee zu leben. Sie würde sich nicht in diesen Wäldern verstecken, jetzt, wo ihre Mission abgeschlossen war.

Sie musste einen Flug erwischen.

Lukes Mutter bestand darauf, ihn zurück zum Flughafen zu fahren, nachdem er Cassie nach Hause gebracht hatte. Wie seine Schwester vorausgesagt hatte, waren ihre Eltern nicht erfreut gewesen, aber einen Großteil ihrer Wut hatte er abbekommen. Schließlich hatte er entschieden, sie nicht zu informieren, als sie dem Tod nahe war.

Luke hatte fast ein schlechtes Gewissen, Cassie alleine dort zu lassen, aber sie hatte schließlich den Fluch überlebt. Er bezweifelte, dass ihr seine Mutter und sein Stiefvater Schlimmeres antun würden.

„Cassie hat mir erzählt, dass du ein Mädchen kennengelernt hast", sagte seine Mutter, als sie auf den Parkplatz des Flughafens einbog.

Einunddreißig Jahre alt, Alpha seines eigenen Rudels, und er wurde immer noch rot, wenn seine Mutter ihn nach Mädchen fragte. Luke wollte stöhnen, doch dann dachte er an den Ärger, den Mel ihm machen würde, wenn sie ihn jetzt sehen könnte, und grinste.

„Ah, jetzt weiß ich, dass es stimmt", das Lächeln seiner Mutter hätte die Sonne erhellen können.

Wenn Luke nur wüsste, wohin zum Teufel Mel verschwunden war. Wer gestand mitten in einer Schlacht seine Liebe und verschwand dann, ohne sich zu verabschieden? Er und seine Diebin mussten sich dringend über Kommunikation unterhalten.

„Sie hat mir den Scharlachroten Smaragd gestohlen." Sie hatten ihn nach der Schlacht wiedergefunden, aber Luke war entschlossen, den protzigen roten Stein ein für alle Mal loszuwerden. Er wollte keinen weiteren Diebstahl riskieren, besonders jetzt, da er wusste, dass der Stein dazu dienen konnte, Zugang zur Macht der Quelle zu erhalten.

„Versuche nicht so stolz zu klingen, wenn es um Diebstahl geht", antwortete seine Mutter amüsiert.

„Sie ist meine Gefährtin", seine Worte waren voller Stolz, Zufriedenheit und Liebe. Luke war keine diebische Katze, er fand Diebstahl nicht gut, aber der Stolz, zu wissen, dass seine Frau eine der besten war, war irgendwie stärker seine moralischen Bedenken.

Das war genug für seine Mutter. Sie begleitete ihn in das Flughafengebäude und verabschiedete ihn mit einer Umarmung und einem dicken Kuss auf die Wange. Luke ging durch die Sicherheitskontrolle und zu seinem Gate, und hatte noch Zeit bis zum Abflug.

Noch besser, vor dem Einsteigen rief ihn ein Flugbegleiter an den Schalter und teilte ihm mit, dass sein Ticket in die erste Klasse hochgestuft wurde. Sie erklärte nicht warum, aber Luke nahm es gerne an. Er war schließlich kein Narr.

Während er auf das Boarding wartete, verschickte

er mehrere E-Mails und SMS, aber etwas am Rande seines Bewusstseins lenkte ihn ständig ab. Es war weder ein Geräusch noch ein Geruch, er konnte es einfach nicht genau zuordnen.

Nach einer halben Stunde begann das Boarding, Luke war als Erster dran, er rutschte in seinen Sitz am Gang und machte es sich bequem. Er streckte seine Beine aus so weit er konnte und seine Knie kamen nicht einmal in die Nähe des Sitzes vor ihm.

Er war im Himmel.

Oder so nah dran, wie man auf einem Inlandsflug sein konnte.

Die Passagiere kamen einer nach dem anderen in einer langen Reihe herein und verstauten ihr Handgepäck. Die Minuten vergingen. Luke wollte, dass es endlich losgeht, aber die Leute stiegen immer noch ein. Nach einer gefühlten Ewigkeit wurde es langsam ruhiger, die meisten Leute hatten Platz genommen und es sich bequem gemacht.

Sie waren startklar.

Der Fensterplatz neben ihm war leer und er nahm an, dass er auf diesem Flug keinen Sitznachbarn haben würde. Allerdings nur, bis sich eine Frau seiner Reihe näherte und direkt neben ihm stehen blieb. Als ihr Duft ihn überflutete, grinste Luke.

Er sah auf und sah Mel in ihrer knallig-roten Perücke, eine Handtasche in der Hand. Sie trug eine riesige schwarze Sonnenbrille und ein gelbes Kleid.

„Ich glaube, das ist mein Platz“, sie zeigte auf das Fenster, ihre Stimme fast eine Oktave höher als normal.

„Selbstverständlich.“ Luke stand auf, um sie vorbei zu lassen, aber Mel ließ sich Zeit und ließ ihre Körper aneinander streichen. Lukes Hände wanderten zu ihren Hüften und glitten über sie, bevor sie sich setzte.

„Also“, sagte Mel, nachdem sie ihre Handtasche vor sich abgestellt hatte. „Sind Sie öfter hier?“

Luke packte ihre Hand und verschränkte ihre Finger mit seinen. „Hast du mir das Upgrade verschafft? Woher wusstest du, dass ich auf diesem Flug bin?“

Mel hob seine Hand an ihre Lippen und küsste sie. „Eine Diebin verrät nie ihre Geheimnisse.“

Er wollte sie küssen. Er wollte viel ungezogenere Dinge tun, aber der Mangel an Privatsphäre dämpfte seine Leidenschaft ein bisschen. Aber seine Freude und Erleichterung, Mel zu sehen, änderte nichts an der Tatsache, dass sie ohne ein Wort gegangen war.

Er holte tief Luft, um alles rauszulassen, aber sie kam ihm zuvor und sprach, bevor er sie zur Rede stellen konnte.

„Es tut mir leid, dass ich abgehauen bin. Krista und ich mussten uns um Ava kümmern und dabei mussten wir sicherstellen, dass sie nicht zurückkommen kann.“ Luke konnte sich nur vorstellen, was das bedeutete. Tot war tot. Meistens. Mel fuhr fort. „Und dann musste ich mich um einige Dinge kümmern, bevor ich dich besuchen konnte."

„Mich besuchen?" Gedanken an gestohlene Momente, während sie die Welt durchstreifte, stahl, in Gefahr geriet und andere Männer traf, tanzten durch seinen Kopf. „Ich bin keine Affäre."

Sie biss sich auf die Lippe und sah so verdammt süß aus, dass Luke nicht anders konnte, sich nach vorne zu beugen und ihre Lippen einzufangen. Sie schlang ihre Arme um ihn und in diesem Moment hätte er jedes Versprechen geglaubt, wenn es nur bedeutete, dass er sie noch etwas länger küssen konnte.

Eine Flugbegleiterin streifte ihn im Vorbeigehen und das genügte, um Luke daran zu erinnern, dass er und Mel in der Öffentlichkeit waren. Er lehnte sich etwas zurück, aber nur ein bisschen.

„Wie klingt Gefährte?", fragte Mel. „Ich dachte, das Wort hat einen schönen Klang."

Lukes Daumen strich sanft über ihre Wange. „Gefährte ist eher das, was ich mir vorgestellt habe."

„Du wirst jetzt aber nichts Verrücktes tun, oder?" Sie zog sich gerade weit genug zurück, um ihm Raum zum Atmen zu geben.

Luke wollte den Raum nicht. „Verrückt?"

„Na ja, zum Beispiel mich bitten, meinen Job aufzugeben? So etwas?" Die Tatsache, dass sie hier war, bedeutete, dass sie ihn gut genug kannte, um zu wissen, dass er das nicht tun würde. Aber Luke merkte auch, dass sie Angst hatte. Glücklich, bereit, aber absolut unsicher, was das bedeuten würde.

Er hielt einen Finger hoch: „Eine Bitte. Vorerst." Den letzten Teil fügte er vorsichtshalber hinzu.

„Was?"

„Du darfst meine Verbündeten nicht bestehlen. Egal, was sie haben." Eine Diebin als Gefährtin zu nehmen würde die Sache verkomplizieren, aber das war ihm egal.

Mel rieb ihre Wange an seiner Schulter und kuschelte sich neben ihn. „Ich denke, das lässt sich einrichten."

Als das Flugzeug abhob, konnte Luke die vor ihm liegenden Tage und Jahre sehen, mit Mel an seiner Seite. Sie würden sich wahrscheinlich gegenseitig hundertmal in den Wahnsinn treiben. Aber sie würden sich lieben und lachen, sich streiten und stundenlang miteinander schlafen. Sie würden ihre Feinde bekämpfen und als Alphas seines Rudels Seite an Seite stehen. Es würde Komplikationen geben, schwierige Zeiten. Aber Mel war die Frau für ihn. Er liebte sie, sie war seine Gefährtin und sie war ihm ebenbürtig.

Während sie Richtung Westen flogen, breitete sich die Zukunft vor ihnen aus. Es gab niemanden, neben dem er lieber sitzen würde, bereit, sich gemeinsam der Zukunft zu stellen.

Vielen Dank, dass Sie den dritten Teil von „Der Löwe und die Diebin" gelesen haben!

Ich würde mich sehr freuen, wenn Sie sich die Zeit für eine Bewertung nehmen würden.

Haben Sie Lust auf eine kostenlose Bonus-Geschichte?

Registrieren Sie sich über den untenstehenden Link, um eine kostenlose Kurzgeschichte über Mel und Luke direkt in Ihren Posteingang zu erhalten!

Link: https://katerudolph.net/index.php/bucher-auf-deutsch/

WEITERE BÜCHER VON KATE RUDOLPH

Der Löwe und die Diebin

Der Raubüberfall

Der Fluch

Die Quelle der Macht

ÜBER KATE RUDOLPH

KATE RUDOLPH IST eine U.S.-amerikanische Autorin von paranormalen und Science-Fiction-Liebesgeschichten. Sie liebt es, Geschichten über taffe Heldinnen und die heißblütigen Helden zu schreiben, die sie lieben. Sie verschlingt Liebesromane, seit sie zu jung war, sie zu lesen, und sie musste ihre Bücher verstecken, damit niemand sie ihr wegnehmen konnte. Sie kann sich keinen besseren Job auf dieser Welt vorstellen, als Liebesromane zu schreiben und sie mit anderen Lesern zu teilen.

Wenn Ihnen diese Geschichte gefallen hat, hinterlassen Sie gerne eine Bewertung.

www.ingramcontent.com/pod-product-compliance
Lightning Source LLC
LaVergne TN
LVHW091147080826
845145LV00008B/2282

* 9 7 8 1 9 5 3 7 4 8 2 2 5 *